D0924654

RHODAN RENIE RHODAN

DÉJA PARUS :

K.-H. SCHEER
ET CLARK DARLTON

LES AVENTURES
DE PERRY RHODAN

RHODAN RENIE
RHODAN

ÉDITIONS FLEUVE NOIR
6, rue Garancière - PARIS VIᵉ

Titres originaux :

GUCKYS GROSSE STUNDE
ATLAN IN NOT
de Kurt BRAND

Traduction de Ferdinand Piesen

Édition originale parue dans notre collection Anticipation sous le N° 774.

PREMIÈRE PARTIE

CHAPITRE PREMIER

Réginald Bull, trapu et massif, trépignait de colère en agitant un volumineux journal qui venait d'arriver.

— Ce scribouillard de malheur qui noircit ce sale torchon !

— Mon cher Bully, Niktown n'est pas un scribouillard, et le *Courrier Mondial* n'est pas un canard quelconque, mais le premier quotidien de l'Empire Solaire. Et Niktown est son éditorialiste, ne l'oublie pas !

— Ce qui ne l'empêche pas de faire une sale besogne.

— Pas du tout ! C'est un homme qui prend ses responsabilités. Du reste, le *Courrier Mondial* n'est pas seul à nous attaquer. Toute la presse de l'Empire lui emboîte le pas. Et il faut bien avouer qu'il y a de quoi !

— Comment ? C'est toi qui admets que nous sommes incapables de gouverner l'Empire Solaire ? Ecoute ce qu'il raconte, ton cher Niktown : « On peut se demander ce que signifie la loi d'exception. S'agit-il de réduire l'Empire Solaire à l'état d'une colonie d'Arkonis ou d'en faire une chasse gardée des commerçants galactiques du patriarche Cokaze, etc. » Ces deux questions suffiraient à allumer dix révolutions.

— Et tu es encore optimiste ! interrompit Perry Rhodan.

Reginald Bull eut le souffle coupé.

— Tu te moques de moi, ou quoi ?

— Pas du tout. Tu verras ce qui se passera à la première session du parlement solaire !

— Et la loi d'exception ?

— Elle n'est pas faite pour museler les délégués. Ils ont le droit de formuler leurs critiques et c'est très bien ainsi.

— Mais tu répands là de la matière explosive !

— Il vaut mieux la répandre que l'accumuler, ne penses-tu pas ?

— Jolie formule ! Mais à ce Niktown, je lui tordrai le cou.

— Laisse-le tranquille. Nous avons pas mal de reproches à nous faire, notamment en ce qui concerne l'information, ou plutôt en ce qui concerne l'absence d'information. Nous avons maintenu l'Empire entier dans une espèce de sommeil de « Belle au Bois dormant ». C'était une erreur qui ne pouvait pas durer. Et l'arrivée des Droufs suivie de celle des quatre mille transiteurs du patriarche Cokaze a provoqué un réveil plutôt désagréable ; il faut le

10

comprendre. Depuis l'attaque des Droufs, la courbe des suicides est en augmentation constante et n'est pas prête à s'arrêter. Alors, Niktown, comme porte-parole de l'opinion publique, dresse une sorte de réquisitoire qui n'est pas tout à fait injustifié, il faut bien le dire.

— Mais nous ne sommes pas seuls à avoir commis des erreurs. Tout le monde peut se tromper.

— Niktown ne prétend pas le contraire. Il ne me reproche pas d'être dictateur, mais m'accuse d'être traître à la patrie. Appelle Hank Donneld du service d'information. Il nous faut revoir de fond en comble notre politique dans ce domaine.

— Mais Niktown ne nous prive-t-il pas de la possibilité de promouvoir la loi d'exception élargie ? Si l'industrie lourde rallie la presse, si les banques entonnent le même refrain, les consommateurs ne tarderont pas à se joindre à la chorale. Et, alors que ce romanichel cosmique de Cokaze essaie de s'incruster sur Terre, Mars et Vénus, nous aurons à brève échéance la révolution !

— Enfin, tu y es, mon bon ami ! Si je me borne à publier la loi d'exception tout simplement dans le *Journal Officiel,* ainsi que la loi m'y autorise, je provoquerai une levée de boucliers générale. Je serai traité de dictateur et me heurterai partout à une résistance de principe. En revanche, si je parviens à convaincre les parlementaires, la loi sera promulguée par les représentants des peuples et j'aurai enfin les

11

coudées franches. Je ne veux pas passer pour un dictateur !

Le haut-parleur de l'intercom se mit à crépiter. Pourtant Perry Rhodan avait donné ordre de ne pas interrompre la conférence avec son lieutenant Réginald Bull. Seuls, le maréchal Allan D. Mercant, chef de la D.S.T. solarienne, et John Marchall, chef du corps de mutants secret, étaient autorisés à intervenir dans n'importe quelle circonstance. Sur l'écran du vidéophone apparut la tête d'Allan D. Mercant.

— Commandant, nous venons de recevoir des nouvelles intéressantes dont la principale n'est pour l'instant pas encore confirmée. Patrick O'Neil nous informe de New York que le groupe parlementaire euro-américain s'est mis en rapport avec le groupe afro-asiatique en vue de convoquer le parlement en session extraordinaire à Terrania d'ici à trois jours. Il s'agit, paraît-il, de poser la question de confiance. On dit que le groupe euro-américain refuserait de discuter la loi d'exception élargie.

Perry Rhodan avait écouté avec une attention extrême.

— Mercant, mettez tout le paquet pour que les délégués puissent effectivement se réunir à Terrania d'ici à trois jours et...

Mercant se permit d'interrompre le Stellarque :

— Commandant, un instant, vous ne connaissez pas les autres informations. Elles se rapportent toutes à l'article de Niktown dans le dernier numéro du *Courrier Mondial* qui...

— Je suis au courant. Actuellement, l'atmosphère politique est tellement empestée qu'un grand coup de balai ne peut qu'être salutaire. Niktown a mis le doigt sur la plaie. Je suis parfaitement d'accord pour me présenter dans trois jours devant le parlement.

— J'entends bien, commandant, mais l'ambiance générale est mauvaise. Depuis la bataille pour Terra, votre prestige est en baisse sensible. Je...

Perry Rhodan le coupa :

— Je ne vous ai pas demandé de conseils, Mercant. Dites-moi si vous êtes ou non en mesure de faire en sorte que le parlement puisse se réunir d'ici à trois jours.

Réginald Bull était aussi interloqué qu'Allan D. Mercant en voyant dans les yeux du Stellarque cette expression qu'ils connaissaient bien et qui indiquait que le Pacha était en train de prendre une décision cruciale. Rhodan était exactement le contraire d'un joueur qui fait ses mises au hasard. Aussi le maréchal répondit-il d'une voix respectueuse :

— Je crois pouvoir vous promettre, commandant, que le parlement sera en mesure de se réunir dans trois jours.

— Merci, Mercant, j'étais certain de votre réponse !

Des millions de téléspectateurs assistaient aux débats houleux qui se déroulaient dans l'enceinte du parlement solarien à Terrania. Les prévisions pessimistes de Bull étaient largement dépassées. A plusieurs reprises, il s'était tourné vers John Marchall qui, grâce à ses exceptionnelles qualités de télépathe, pouvait tester les opinions des parlementaires.

— Il n'y a pas de changement, répondit celui-ci pour la dixième fois, mais je suis sur une piste. Si vous permettez...

Bull comprit qu'il ne fallait pas détourner l'attention du mutant, et se remit à l'écoute de Perry Rhodan qui était en train de répondre à une interpellation.

Brusquement, le représentant du groupe africain demanda la parole.

— Combien de temps encore comptez-vous payer avec les deniers publics votre armée privée composée d'abrutis et que vous appelez avec grandiloquence le « Corps de mutants secret » ?

Pendant quelques secondes, on aurait pu entendre voler une mouche. Cette question, posée par M. M'Banga, eut un effet inattendu, car elle poussait plusieurs autres délégués à rallier la cause du Stellarque.

Des millions de téléspectateurs virent Perry Rhodan serrer les lèvres et se figer sur place, puis Réginald Bull s'approcha de Perry Rhodan. Les deux hommes se concertaient à mi-voix. Bull prit la parole :

— Mesdames et messieurs, monsieur le Premier

14

administrateur de l'Empire Solaire m'autorise à répondre à la question que vient de lui poser l'honorable M. M'Banga, délégué d'Afrique. Mais auparavant je tiens à protester contre les termes de son interpellation et contre les sous-entendus qu'elle contient. Que M. M'Banga me permette de lui rappeler que nous ne sommes pas ici dans les mines d'Iron-Cimberley, mais dans l'auditoire de notre parlement.

Lorsque Allan D. Mercant entendit l'allusion au mines de Cimberley, il eut un haut-le-corps ; il se rappelait tous les détails de ce scandale qui n'avait pas eu de suite judiciaire pour la simple raison que M. M'Banga, en sa qualité de délégué parlementaire, bénéficiait de l'immunité.

Tous les députés se mirent à vociférer et à faire claquer leurs pupitres. Mais, grâce aux amplificateurs, la voix de Bull finit par dominer l'indescriptible vacarme. Il défendit avec feu la cause des mutants dont l'abnégation, le courage, ajoutés à leurs dons supranaturels, avaient à plusieurs reprises redressé des situations qui avaient semblé désespérées avant leur intervention. Les délégués, de plus en plus captivés, suivirent avec intérêt l'exposé de Bull.

Rhodan eut une fois de plus l'occasion d'admirer les dons d'orateur de son ami. Soudain, il perçut un signal d'appel urgent. Un mouvement de son bras gauche mit le poignet en contact avec son oreille ; aussitôt le signal se tut et il put écouter le message.

Les cadreurs de la télévision avaient surpris le

geste du Stellarque et leurs appareils étaient braqués sur lui. Ainsi, plusieurs millions de spectateurs furent témoins de l'altération soudaine du visage de Perry Rhodan qui, brusquement, sembla avoir vieilli d'une dizaine d'années. Il vivait la minute la plus amère de son existence : son fils unique venait de le trahir !

— Le lieutenant Thomas Cardif est en absence illégale, commandant. Prétextant un ordre fictif, il a quitté la base navale sur Pluton à bord d'un destroyer à destination inconnue, voici cinq jours. Sa désertion a été constatée au moment d'une relève de la garnison du relais IV, effectuée un peu plus tôt que d'habitude.

La nouvelle laissait Perry Rhodan anéanti. Après la perte de sa femme Thora, il éprouvait celle de son fils unique. Sous le nom de Thomas Cardif, celui-ci avait été élevé par des parents adoptifs afin de grandir et de devenir homme sans subir le prestige écrasant d'un nom célèbre entre tous. Mais, tout jeune sous-lieutenant sur la base de Siliko V, il avait appris le secret de son origine véritable. Alors, l'orgueil d'être Arkonide par sa mère avait prévalu dans son caractère. Il vénérait la mémoire de sa mère d'un amour aussi excessif que la haine qu'il vouait à son père.

Avec une immense lassitude, Perry Rhodan ressentit la solitude qui est le lot de tout homme que le destin a placé au-dessus du commun. En cette minute terrible, il ne réalisa pas que des millions d'hommes étaient témoins de son drame.

— Perry !

Bull venait de s'asseoir à côté de lui. A la place de l'orateur, Allan D. Mercant haranguait une foule suspendue à ses lèvres et, à l'instant même, venait de demander l'exclusion provisoire du public. La proposition n'avait rien d'inhabituel et était conforme aux usages parlementaires. Mercant désirait informer la haute assemblée des malversations de vingt et un députés tous du bloc africain et adversaires déclarés de Rhodan, qui avaient abusé de leur mandat pour s'enrichir.

Partout dans l'Empire Solaire, les écrans des téléviseurs s'obscurcirent après que les députés eussent voté le huis clos afin de pouvoir examiner les accusations énoncées par le chef de la Sûreté.

John Marchall se pencha vers l'oreille de Bull et chuchota :

— L'allusion à l'affaire des mines de Cimberley a complètement désemparé la délégation africaine qui semble être manœuvrée par l'opposition. Mais le manque d'information de la part du gouvernement indispose fortement tous les députés...

Bull voulait en faire part à Perry Rhodan lorsqu'il s'aperçut du désarroi de son ami dont le visage était de marbre.

Rhodan tourna la tête comme un automate.

— Thomas a déserté à bord d'un destroyer...

— Ce n'est pas possible ! souffla Bull.

La Haute Assemblée avait décidé la levée de l'immunité de vingt députés, qui furent aussitôt arrêtés par des miliciens et pris en charge par des robots.

L'ordre du jour avait été repris et le public admis de nouveau. On discutait toujours encore l'article virulent de Niktown. Rhodan ne tenta pas de se dérober à ses responsabilités et ne s'insurgea que contre le reproche d'avoir trahi la patrie.

— Les Droufs ne sont point des spectres que nous avons agités pour effrayer l'humanité! s'écria-t-il avec fougue. Ils représentent une menace pire que celle que fut le Cerveau-Robot à Arkonis. Il faut compter avec les réalités et ce n'est pas le cœur léger que nous avons levé le secret de la position de Terra et demandé l'intervention de la flotte d'Arkonis sans laquelle nous serions à l'heure présente les esclaves des Droufs, et non des hommes libres!

— Des hommes libres sous la surveillance des transiteurs d'Arkonis! cria un député du fond de la salle.

— Pourquoi ne rentrent-ils pas chez eux? reprit un autre.

Rhodan regrettait avec amertume d'avoir si mal informé l'opinion publique et essayait sans aucun succès d'expliquer la présence des Passeurs dans les ports de l'Empire, ainsi que celle des croiseurs-robots dans l'espace solaire. Les députés, pris au dépourvu, manifestaient bruyamment leur hostilité,

Rhodan n'essayait pas de se disculper et admit franchement ses omissions.

— Nous étions pris de vitesse, déclara-t-il en énumérant la longue liste des événements qui s'étaient précipités et les contre-mesures qu'il avait dû prendre de toute urgence.

En fin de compte, il fit la déclaration suivante :

— Même un gouvernement qui, comme le nôtre, est doté d'une grande liberté d'action inscrite dans la constitution, ne peut continuer d'agir s'il n'est pas soutenu par la confiance du peuple. C'est pourquoi je vous propose de voter si la Haute Assemblée accorde, oui ou non, sa confiance au gouvernement en exercice !

Une demi-heure plus tard le résultat du vote fut connu. Rhodan recueillit une majorité écrasante, mais pouvait-on attendre mieux dans des circonstances aussi dramatiques ?

Ses paroles de remerciement suscitèrent des applaudissements venus de tous les côtés, si bien que le Stellarque eut la certitude d'avoir entamé le mur de résistance auquel il s'était heurté jusqu'ici. En reprenant sa place à côté de Bull, il l'entendit murmurer :

— Pourvu que cette année se passe sans incidents...

On était le 5 juin 2044.

CHAPITRE II

Assis devant son téléviseur, le vieux Cokaze avait écouté jusqu'au bout les délibérations du Parlement Solaire. Le patriarche des Marchands galactiques était seul à avoir suivi l'ascension brillante de Perry Rhodan. Entouré d'une vingtaine de membres de sa tribu, chacun placé selon son rang hiérarchique, il leva un verre rempli de vin.

— A la bonne nôtre ! dit-il avant de le vider d'un trait.

Tous les assistants l'approuvèrent de la tête, en souriant.

Ils se ressemblaient tous ; moins par la forme de leurs barbes ou par l'uniformité de leur mise très stricte qui contrastait fortement avec le laisser-aller et les longs cheveux crasseux à la mode, que par leur haute taille de deux mètres à peu près.

La tribu ne reconnaissait qu'un seul chef : Cokaze. Son opinion faisait loi et ses ordres étaient indiscutés. C'était lui aussi qui connaissait le mieux Perry Rhodan. Depuis que Topthor, le ventripotent,

20

avait péri dans la lutte contre les Droufs, Cokaze était seul à avoir connu un Perry Rhodan faible et au début d'une carrière fulgurante, mais, les événements récents le prouvaient, pas du tout rassuré sur le plan politique.

Maintenant, chacun levait son verre et, imitant le patriarche, buvait à la santé de la tribu. Cokaze s'adressa à Olsgué, son fils aîné qui habitait, avec sa famille, à bord du transiteur *Cok III :*

— Demain, mon fils, tu vas rallier cette planète qu'ils appellent Vénus et y réunir tous nos capitaines. Et toi, mon fils Oktag, (il s'adressa à son fils préféré), tu feras de même demain à Mars-City. Il n'y a pas grand-chose à discuter, mais beaucoup de travail en perspective. Car il est évident que nous resterons dans le système de Rhodan jusqu'à ce que nous ayons obtenu le monopole du commerce. Peut-être consentirons-nous à abandonner la Terre sur la demande de Rhodan. Finalement nous ne sommes pas des barbares, pourvu que nous soient faites des propositions convenables !

Cokaze avait une réputation d'homme d'affaires bien assise, dont témoignait l'importance de sa flotte de Passeurs, forte de quatre mille unités de construction récente. Quelques-unes d'entre elles étaient en voie de réparation dans divers ports solariens, car la lutte contre les Droufs avait été assez éprouvante pour lui aussi. En revanche, toutes les unités stationnées dans les diverses parties de la Terre étaient en parfait état et prêtes à intervenir d'un moment à l'autre.

En effet, Cokaze était un brasseur d'affaires intergalactiques doublé d'un tacticien avisé, et le seul entretien de sa flotte de quatre mille transiteurs coûtait une fortune chaque jour.

Une voix demanda :

— Maître, n'y aurait-il pas des complications à craindre de la part du Grand Coordinateur ? Sa flotte est nettement plus puissante que la nôtre !

Le Vieux éclata d'un rire sonore avant de répondre :

— Mon petit Crako, tu as dormi au lieu de suivre le débat parlementaire où Rhodan était dans ses petits souliers. Il donnerait cher pour que le grand maître d'Arkonis retire ses vaisseaux-robots. Au cas où...

Le vidéophone coupa la suite. Cokaze se déplaça légèrement pour se mettre face à l'écran qui scintilla un instant, puis fit apparaître le visage de Perry Rhodan.

— Mon cher Cokaze, je suppose que vous venez de suivre le débat parlementaire de tout à l'heure ? Cela me dispensera de longs commentaires. Je viens d'avoir un échange de vue avec le Grand Coordinateur d'Arkonis. D'ici deux heures, sa flotte de robots aura quitté le système solaire pour retourner soit à Arkonis, soit, peut-être aussi, sur le front des Droufs. Il n'y a donc pas de raisons pour que vos unités restent davantage dans l'espace de notre

Empire. Quand comptez-vous suivre l'exemple d'Arkonis et retirer, vous aussi, vos unités ?

— Mon cher Rhodan, (la voix de Cokaze se fit suave et il essaya de s'exprimer avec autant de correction que Rhodan en langue d'Arkonis), je constate avec une vive affliction que la gratitude semble être, pour les Terraniens, une vertu peu pratiquée. Pour ma part...

L'officier des télécommunications du *Cok I* s'approcha sur la pointe des pieds et se pencha vers son maître :

— Maître, chuchota-t-il, le fils de Perry Rhodan vous attend sur le *Cok CCCXXII,* sur Vénus.

Bien que surpris, Cokaze ne réagit à cette nouvelle surprenante que par un petit mouvement de la tête. Il s'excusa auprès de Rhodan de cette interruption inopportune et, d'un geste de la main, désigna les membres de sa parenté rassemblés derrière lui.

— Vous voyez, mon cher Rhodan, vous m'avez appelé au milieu d'un conseil d'administration. Accordez-moi un délai de trois heures terriennes, je me ferai un plaisir de vous rappeler.

— Je compte sur vous, Cokaze. Et rappelez-vous que les amis de Terrania ne se sont jamais plaints de nous...

— Si votre gratitude, répliqua Cokaze sans détour, se traduit par des chiffres ronds figurant dans nos livres de comptes, nous, les Marchands de l'Espace, serons les derniers à méconnaître les mérites de Terrania. On pourrait conclure un traité commercial qui accorderait à ma famille le monopole du commerce avec l'Empire Solaire. Finalement, c'est à mon intervention contre les Droufs qu'il doit son existence ! Nous en reparlerons, Terranien. Pardonne-moi, je dois couper.

Réginald Bull avait assisté à la discussion avec Cokaze. Il bouillait d'indignation et traitait le vieux négociant de tous les noms d'oiseaux.

— Peut-être faudrait-il nous adresser une fois de plus à Atlan pour nous débarrasser de ce client encombrant. Demander un monopole de commerce, quel toupet !

— C'est de bonne guerre pour un Marchand ! Ce n'est pas cela qui me préoccupe en ce moment. Je voudrais savoir quelle était la nouvelle qui a fait briller les yeux de Cokaze avant qu'il ne coupe.

Bull saisit la pensée de son ami.

— Perry, éclata-t-il, tu es devenu fou ! Quelle idée !

— J'aimerais me tromper. Toi, tu as toujours défendu Thomas et c'est grâce à toi qu'il a échappé au conseil de guerre.

Il dut s'arrêter là. Chaque fois que la discussion roulait sur Thomas, il y avait affrontement entre les deux hommes. Bull croyait en la loyauté de Thomas Cardif et il ne comprit pas le découragement et le pessimisme de Rhodan à l'égard de son fils. Il

24

repoussa son ami et prit sa place devant le vidéo-phone.

— Tu ne veux pas appeler Pluton, je le sais. Permets-moi de le faire à ta place. Je ne puis croire que Thomas, en prenant le large à bord d'un destroyer, ait agi sur un simple coup de tête, ce n'est pas possible !

Trois minutes plus tard, le major commandant la garnison sur Pluton était à l'appareil. Bull n'y alla pas par quatre chemins :

— Bonjour, commandant, avez-vous des détails concernant l'absence illégale du lieutenant Thomas Cardif ?

Le major était visiblement embarrassé.

— Vous connaissez, monsieur, les bobards qui circulent parmi les soldats...

— Major, je vous ai posé une question précise et je vous prie de me répondre de même.

— Monsieur, je regrette, je ne puis que vous transmettre un ouï-dire...

— Tant pis, major, allez-y !

Bien que distant de cent millions de kilomètres sur sa base de Pluton, le major sursauta et, machinale-ment, rectifia sa position.

— Les gens disent, monsieur, que le Stellarque, en son temps, a envoyé sa femme mourante, contre l'avis de ses médecins, à Arkonis pour y négocier l'achat de cent croiseurs interstellaires.

— Mais vous délirez ! s'exclama Bull au comble de l'indignation.

— Monsieur, répondit le major d'une voix un peu tremblante, vous m'avez demandé de vous faire part d'un bobard, et je l'ai fait...

Bull, la tête en feu, prit une cigarette pour se calmer. Un peu plus loin, Perry Rhodan se tenait debout, figé et sans réaction.

— Perry...

Mais Rhodan ne semblait pas entendre.

— Au diable la politique, s'emporta le petit homme bouillant de colère, raconter des choses pareilles ; « contre l'avis des médecins » ! Si je pouvais attraper l'imbécile qui a pu inventer des bruits semblables ! Il aurait de mes nouvelles, je te le garantis !

Pendant ce temps, Thomas Cardif, sur la base de *Cok CCCXXII*, apprit que l'arrivée de Cokaze était fixée au lendemain à 3 h 30, heure de Vénus.

Tsathor, un parent éloigné de Cokaze, toisa avec intérêt le nouvel arrivant qui portait encore l'uniforme de la flotte interstellaire de Terrania. Ce n'était pas le premier transfuge qu'il avait eu l'occasion de rencontrer, mais celui-ci lui sembla assez régulier.

Le destroyer était garé sous le hangar N° 8 du *Cok CCCXXII*. Une heure auparavant, il était arrivé de *Cok DV*, sous la protection de la nuit.

— Vous pouvez garder le vaisseau, je n'en ai plus

besoin ! avait déclaré le jeune officier d'une voix indifférente.

Tsathor eut du mal à dissimuler sa satisfaction en entendant ses paroles.

— Thomas Cardif, dit-il, vous n'avez pas besoin de décliner votre identité. Rien qu'à vous voir, on se croirait en présence de Perry Rhodan jeune.

— Je suis arkonide, Tsathor, l'interrompit le lieutenant d'un ton agacé, je ne suis pas terranien !

Sa voix était glaciale, mais l'éclat de ses yeux rouges trahissait facilement son intense émotion.

— Si vous êtes arkonide, vous ne pourrez jamais parler au nom de Terrania, observa Tsathor, ou vous aurais-je mal compris ?

— Qui sont ces gens que vous appelez les Terraniens, Tsathor ? Dans cette Galaxie n'existe qu'une seule race à laquelle vous appartenez aussi bien que moi, celle d'Arkonis. Le Grand Coordinateur me reconnaîtra très facilement et avec son aide et le secours de la tribu de Cokaze, nous mettrons l'Empire Solaire à la place qui devrait être la sienne, celle d'une colonie d'Arkonis où Cokaze et les siens auront le monopole du commerce intergalactique.

— Parfait, Cardif ! (Tsathor dissimulait son scepticisme.) Mais quel avantage en retireriez-vous ?

— La ruine de Rhodan, je ne demanderais pas plus ! Sa mort !

Tsathor tressaillit en entendant le jeune homme parler d'une voix apparemment dépourvue de toute passion.

— Mais Perry Rhodan n'est-il pas votre père?

— Je ne suis pas plus terranien que Rhodan n'est mon père. Il est celui qui m'a procréé, voilà tout. Abandonnons cette discussion, voulez-vous, jusqu'à l'arrivée du patriarche Cokaze.

— Quelles raisons avez-vous pour vouer une telle haine à votre père?

Les mains très soignées posées sur la table, Thomas réfléchit un long moment avant de répondre :

— Ma mère était Thora, l'Arkonide. Elle était très gravement malade sans le savoir. Contre l'avis de ses médecins, Rhodan l'a chargée d'une mission dangereuse en l'envoyant sur Arkonis III. Il voulait se débarrasser d'une épouse prématurément vieillie, et, une fois veuf, se marier avec une jeune femme. Ma mère ne se doutait de rien, ni de son état de santé, ni du péril de sa mission; la preuve en est qu'elle est partie sans me rencontrer.

« Ma mère était le seul être au monde qui m'aimait. Lorsque je l'ai revue, elle était morte. Et c'est mort que je désire revoir Rhodan, l'homme que j'ai haï à partir de l'instant où j'ai appris qu'il m'avait procréé. L'espace sidéral n'a pas de place pour nous deux. Ce sera ou Perry Rhodan ou Thomas Cardif...

Les avis de la presse solarienne étaient partagés entre les partisans et les détracteurs irréductibles du

28

Stellarque. Le vote de confiance, obtenu de justesse, donnait lieu à d'âpres controverses. Les journaux africains prétendaient que l'allusion à l'affaire des mines de Cimberley avait faussé le résultat du vote puisque les vingt et un députés accusés de concussion étaient tous adversaires de Rhodan.

La nouvelle surprenante du départ de la flotte d'Arkonis fut enregistrée avec satisfaction et Niktown s'appliqua, dans les colonnes du *Courrier Mondial,* à calmer l'opinion publique qui, peu à peu, se lassait des discussions stériles. Mais le feu couvait sous la cendre et les services d'Allan D. Mercant restaient vigilants.

Rhodan avait longuement conféré sur hyperondes avec Atlan l'Arkonide qui se montra inquiet des difficultés que rencontrait son ami et lui offrit toute l'aide dont ce dernier pourrait avoir besoin.

— Ce qu'il me faut dans la conjoncture actuelle, c'est moins une démonstration de force d'Arkonis que du temps, déclara Rhodan.

— Bien, alors je te proposerai de publier dans toute la Galaxie que l'Empire Solaire s'est placé sous la protection d'Arkonis.

Avant de répondre, Rhodan avait consulté du regard Bull, Mercant et Freyt qui, tous, approuvèrent de la tête.

— Merci de cette offre, Atlan, que nous acceptons parce que la formule « sous la protection d'Arkonis » devrait nous permettre de reprendre haleine, ce dont nous avons grand besoin. Je ne te cache pas que ma position n'a jamais été aussi fragile que durant ces dernières vingt-quatre heures.

A travers l'espace galactique, les deux hommes communièrent dans un rire amer. Et Atlan répondit :

— Voilà l'aveugle qui soutient le paralytique. Si le Grand Empire apprend que le Régent-robot a été destitué et que c'est moi qui exerce le pouvoir à sa place, je préfère ne pas imaginer les suites. Tu connais des difficultés intérieures, moi, je les attends et elles ne tarderont pas à se produire. Pourtant, je ne puis faire autrement que de t'aider, car l'heure viendra où, à mon tour, j'aurai besoin de ton soutien. Crois-moi, je préférerais être à ta place. Ta réputation dans toute la galaxie est d'un poids immense. Mais qui connaît le nom d'Atlan ? Je ne suis rien à côté de toi, même avec le secours du grand cerveau. Nos destins sont liés, Perry, et je suis heureux de t'avoir pour ami.

Curieusement, cet entretien ne procura à Rhodan ni joie ni satisfaction.

— Nous n'avons pas le choix, dit-il, c'est un palliatif qui nous donne un délai de grâce, peut-être insuffisant pour redresser une situation intérieure que j'ai du mal à comprendre.

— Elle est pourtant simple, expliqua Bull, les gens ont peur que les Droufs reviennent, maintenant que le secret de la position de Terra est levé. Et dans ce cas, personne ne pourra nous sauver, pas même

Atlan. Les gens nous accusent d'avoir suspendu l'épée de Damoclès au-dessus de leur tête.

— Ce qui me tracasse, ajouta Allan D. Mercant, toujours pessimiste, c'est l'attitude de Cokaze. Il a quitté les ports de Terra, mais s'est incrusté sur Mars et Vénus. Veut-il nous forcer la main pour obtenir son monopole commercial ?

— C'est à vous de répondre, Mercant, pas à moi ! répliqua Rhodan d'un ton peu amène.

— Commandant, répondit Mercant avec une politesse glaciale, jamais le D.S.T. solarien n'a eu à faire face à tant de problèmes à la fois. Mon personnel est insuffisant et cela me place devant des situations insolubles.

— On a toujours plaisir à apprendre la vérité, riposta Rhodan sarcastique. Monsieur le maréchal Mercant, connaissez-vous le lieu de séjour du lieutenant Thomas Cardif qui vient de déserter ?

Bull voulut intervenir, mais s'abstint sous le regard foudroyant de son chef, Freyt et Mercant retinrent leur respiration. Enfin, ce dernier dut avouer son impuissance :

— Commandant, nos investigations pour savoir où se trouve le lieutenant Cardif sont restées sans résultat. Il s'agit d'un cas où le corps des mutants pourrait avoir plus de chance que nous de réussir...

Thomas Cardif et Cokaze étaient face à face. Le vieux, qui avait l'expérience de la vie, et le jeune, déserteur de la flotte terranienne, se traitaient en partenaires égaux. Il s'agissait de rayer de la carte galactique le petit Empire Solarien. Cokaze était fasciné par la logique implacable du jeune homme, mais en même temps mal à l'aise devant la haine qui filtrait à travers tous ses propos.

— Cokaze, vous n'obtiendrez jamais votre monopole de commerce extérieur tant que vous n'aurez rien fait pour destituer Rhodan. Pour Rhodan et pour ses successeurs, vous resterez toujours des étrangers. Voyons, vous êtes arkonide. Et c'est seulement un Stellarque arkonide qui pourra vous aider...

Un long silence suivit cette remarque. Cokaze caressait sa barbe, Thomas Cardif fumait cigarette sur cigarette. Finalement, Cokaze se pencha vers son interlocuteur :

— Que faudrait-il pour miner davantage la position de Rhodan ?

— Qu'êtes-vous prêt à risquer pour provoquer la chute de Rhodan ? riposta Thomas comme un diplomate plein de finesse. Au cas où vous obtiendriez votre traité de commerce, votre famille deviendrait la plus riche de toute la Voie lactée. C'est un enjeu de prix. Quelle serait votre mise ?

— Cardif, vous êtes froid comme Rhodan, le Terranien, et arrogant comme un Arkonide. Le jeu vaut certes la chandelle, mais la perspective de vous avoir comme partenaire...

32

Le haut-parleur du vidéophone se mit à croasser et sur l'écran apparut l'armoirie annonçant une communication du Grand Cerveau. L'instant d'après, une voix impersonnelle et métallique fit connaître la décision d'Arkonis de prendre l'Empire Solarien sous sa protection.

Chacun des deux hommes interpréta cette nouvelle à sa manière, mais tous les deux triomphaient.

— Cardif, voici ma mise, pour reprendre votre expression. Ma flotte ne quittera pas ses positions sur Mars et Vénus, et restera en état d'alerte. Rhodan ne peut se permettre de m'attaquer et pour moi, deux planètes sur les dix de son Empire constituent un gage de valeur.

« Maintenant à vous, mon cher Cardif. En votre double qualité d'Arkonide et de fils de Rhodan, et compte tenu de ce message du Régent, il est hors de doute que le cerveau positonique vous désignera comme seul successeur possible de votre père. »

— Cokaze, ne décidez pas pour moi d'un rôle que je n'ai pas encore accepté ! répliqua sèchement Thomas Cardif.

Même un personnage aussi puissant que le patriarche Cokaze était marqué par la tradition multimillénaire qui reconnaissait comme maître incontesté un Arkonide. Aussi répondit-il :

— Seigneur, je crains que vous n'ayez pas le choix !

— Le choix ne m'appartient pas. Il appartient au

33

Grand Cerveau positonique d'Arkonis III. Je le consulterai d'abord, et prendrai ma décision ensuite.

— Quand le consulterez-vous ? demanda Cokaze, maintenant résolu à intervenir dans la politique intérieure de Terrania, et avide d'obtenir rapidement son traité d'exclusivité commerciale.

— Je poserai la question immédiatement, Cokaze. Faites le nécessaire pour établir la liaison sur la fréquence privée du Régent.

Atlan tressaillit en apprenant par le haut-parleur que Thomas Cardif l'appelait. Le surpuissant cerveau positonique reçut simultanément un demi-milliard d'appels, mis en mémoire et classés automatiquement selon l'ordre de leur importance. L'appel de Thomas Cardif fut transmis immédiatement à Atlan.

« Le fils de Rhodan serait-il devenu fou ? » pensa Atlan. Le souffle court, il écoutait des paroles qui, de toute évidence, étaient celles d'un authentique Arkonide et non celles d'un Terranien. Il se rappela Thora l'Arkonide d'origine princière, la mère de Thomas, qui avait dominé les travers de son caractère, mais les avait légués à son fils unique. Ce fils unique qui voulait la mort de son père, détruire la puissance économique de son peuple et le réduire en esclavage et qui, pour parvenir à cette fin, s'adressait non pas à un cerveau positonique, comme il le

34

croyait, mais à Atlan dont il ignorait la qualité véritable !

Sans répondre personnellement, Atlan fit transmettre le message de Thomas à la section juridique de l'ordinateur et donna l'ordre de faire attendre son lointain interlocuteur. Celui-ci reçut cet avis en même temps qu'Atlan obtenait le résultat de sa consultation : « La démarche de Thomas Cardif est en contradiction avec la législation d'Arkonis qui interdit toute immixtion dans les affaires intérieures d'un autre empire ». Cette interprétation laissa Atlan perplexe et insatisfait. Bull qualifierait cette formulation d'élastique, et il n'aurait pas tort. Si, en revanche, elle était plus précise, n'importe quel juriste constaterait l'erreur du cerveau positonique. Il restait un seul moyen pour sortir de ce dilemme : en avertir Rhodan en personne !

Cokaze soumit la réponse du robot positonique à ses meilleurs conseillers. Zutre, le grand spécialiste, donna son avis :

— L'interdiction pour Arkonis d'interférer dans les affaires d'autrui est un bienfait. La déclaration au sujet de la démarche de Thomas Cardif prouve indirectement que la protection accordée par Arkonis à l'Empire Solaire est seulement dictée par les circonstances.

Cokaze, ayant remercié le juriste, resta seul avec

Thomas. Celui-ci désirait savoir si les émetteurs sur hyperondes à la disposition du patriarche étaient assez puissants pour diffuser dans tout l'Empire Solarien une proclamation que le jeune transfuge se proposait de rédiger.

— Seigneur, répondit le vieux Cokaze en caressant sa barbe, l'Empire entier entendra parfaitement chacune de vos paroles.

*
* *

Lorsque le message de Thomas Cardif parvint à Terra, on crut d'abord à un canular. Mais le directeur du service des télécommunications n'était pas de cet avis et établit une liaison d'urgence avec Perry Rhodan.

— Commandant, dit-il d'une voix émue, en ce moment même, Thomas Cardif est en train de passer un message sur hyperondes et se proclame nouveau Stellarque de l'Empire Solarien...

— Pourquoi vous alarmer ainsi ? répondit calmement Rhodan. Transmettez-moi cette déclaration lorsqu'elle sera complète.

Il coupa la communication sous les regards interrogateurs de Bull, de Freyt et de Mercant. Son commentaire fut bref :

— Les lignes de force commencent enfin à se préciser, dit-il.

CHAPITRE III

Les peuples de l'Empire Solaire eurent droit à deux nouvelles sensationnelles. La première fut la proclamation de Thomas qui fit l'effet d'une bombe. La seconde l'absence de toute réaction de la part de Perry Rhodan ! Officiellement, son gouvernement ignorait tout des événements sur Mars et Vénus.

Mais, quelques heures après la déclaration de Cardif, le Grand Barrage de Manaos sur l'Amazone explosa. Et vingt minutes plus tard, une autre déflagration ravagea les centrales hydrauliques sur le Niger. Trois minutes plus tard, des incendies détruisirent deux autoroutes à peine terminées, sur la Lune.

A partir de là, les actes de sabotage se suivirent coup sur coup, en ordre croissant tant sur la Terre que sur la Lune et jusqu'aux territoires glaciaires de Pluton. Même les satellites des planètes devinrent les sièges de catastrophes épouvantables qui se succédèrent à une cadence d'enfer.

Ni les installations militaires ou civiles, ni les

bâtiments publics ou privés de quelque importance, usines d'Etat ou non, centres de recherches, centrales énergétiques, tout, sans distinction, devint la cible de terroristes inconnus.

La presse se déchaîna. La télévision ne transmit plus que des tableaux de désolation. Les citoyens les plus tranquilles finirent par s'alarmer. Seules, Mars et Vénus étaient relativement épargnées par cette vague de violence destructrice.

Quatorze heures après l'explosion du barrage sur l'Amazone, les actes de sabotage s'arrêtèrent aussi brusquement qu'ils avaient commencé. Mais ce court laps de temps avait suffi pour ébranler les assises de l'Empire Solaire.

Les habitants de toutes les planètes se dressèrent contre Rhodan, certains journaux réclamèrent sa tête, tout en acclamant le nom de Thomas Cardif.

L'ère de Rhodan, de l'homme qui refusait de vieillir et de disparaître, semblait arrivée partout à son terme, sauf sur Terre où l'état d'exception avait été proclamé. Personne ne put y entrer ni en sortir, la censure interceptait toute nouvelle tendancieuse. Les ports de Terrania étaient déserts, tous les navires spatiaux avaient disparu ; le *Drusus,* à la tête d'une centaine d'autres croiseurs, patrouillait autour de la planète à dix mille mètres d'altitude. Les croiseurs interstellaires, d'un diamètre de cent mètres, patrouillant à une altitude de cinq mille mètres, étaient parfaitement visibles à partir du sol.

C'était la première réaction de Rhodan. La presse,

à peu près sans exception favorable à l'opposition, parlait de « dictature ». Malgré tout, Perry Rhodan resta silencieux et refusa de répondre.

Il avait été surpris par cette vague soudaine de violence qui avait cessé au moment même où il lui avait été enfin possible de réagir. Cokaze s'était annoncé pour 14 h 30 et avait exigé l'autorisation d'atterrir.

— Tu te rends compte, remarqua Bull, il se permet « d'exiger » !

— Tu pourrais m'aider un peu, observa Rhodan qui, assis à son bureau, était en train de dépouiller un courrier volumineux ; tiens, lis, voilà une bonne nouvelle.

Bull écarquilla les yeux en prenant connaissance de cette « bonne » nouvelle.

— Les sénateurs ont convoqué le parlement en session extraordinaire ! C'est ce que tu appelles une bonne nouvelle ?

— Mais oui ! Il m'importe peu de savoir que quelques députés caressent le projet de faire de Thomas Cardif mon successeur. Ce qui est important, c'est de prouver à l'opinion publique que nous sommes capables de faire face à n'importe quelles difficultés. Avant toute chose, je ferai le nécessaire pour que soit votée après-demain la loi d'urgence élargie.

— Tu ne manques pas d'humour, constata Bull.

— Il faut que cette loi soit votée par le parlement — et je l'obtiendrai, Bull, tu verras !

Il était 14 h 30. Dans l'antichambre attendait Cokaze, accompagné de ses trois fils aînés. John Marshall, chef du corps secret des mutants et télépathe éprouvé, les introduisit auprès du Stellarque qui les invita d'un geste à s'asseoir autour de la table ronde. Ils ne prêtèrent attention ni à Bull ni à Marshall qui, cependant, put lire leurs pensées comme dans un livre ouvert.

Il les transmit à Rhodan qui possédait lui aussi quelques dons de télépathie, et qui apprit ainsi où se trouvait son fils Thomas : à bord du *Cok I* !

Cokaze prit la parole.

— L'Empire Solaire traverse une phase difficile et la situation de son gouvernement est délicate. En tant que commerçants, nous savons mieux que quiconque que la vie comporte des hauts et des bas. Ma famille est parfaitement disposée à soutenir le gouvernement actuel de Terrania et à mettre à son service près de quatre mille transiteurs modernes, stationnés sur Mars et Vénus, et montés par des équipages expérimentés autant qu'aguerris. En contrepartie, nous ne demanderions que le monopole du commerce extérieur. Avec des alliés tels que nous, votre gouvernement serait à l'abri de toute menace.

Les fils de Cokaze acquiescèrent de la tête. Bull tambourinait nerveusement sur la table ; mais Rhodan, resté maître de lui sous l'offense, répondit avec calme :

— J'ai toujours veillé à me faire des amis partout.

Aussi suis-je heureux de prendre connaissance de vos bonnes dispositions, justement dans les circonstances actuelles où ma position est si faible. Elle l'est d'autant plus que la sanglante série d'attentats a pu se poursuivre sans que nous parvenions à appréhender un seul terroriste. C'est la raison pour laquelle je ne suis plus en mesure de discuter, ne fût-ce que de la question d'un monopole commercial...

Marshall informa le Stellarque par voie télépathique : « Cokaze bout de colère. Il est fermement décidé à ne pas sortir d'ici sans avoir son traité en poche. Il envisage de vous faire remarquer que Mars et Vénus sont pratiquement entre ses mains. » Mais Cokaze prit la parole :

— Vous ne devriez pas prendre à la légère mes propositions, ni sous-estimer le danger qui vous guette de la part de Thomas Cardif...

— De la part d'un déserteur ! remarqua Rhodan avec mépris.

— De la part de votre fils !

— De la part de mon fils, dites-vous ? Sachez qu'un vrai Rhodan est incapable d'un tel acte. Par conséquent, Cardif ne peut être un Rhodan, tout au plus un Arkonide dégénéré...

— Votre épouse n'était-elle pas d'Arkonis ? osa questionner Cokaze.

A cette remarque, Bull sursauta et John Marshall s'agita dans son fauteuil. Rhodan seul resta impassible. Ses yeux gris brillèrent lorsqu'il se pencha vers Cokaze, en disant :

— En effet, ma femme était arkonide. Vous faites bien de me le rappeler, Cokaze !

Il se leva.

— Messieurs, dit-il, il est maintenant 14 h 48. Mes robots vous accompagneront jusqu'à votre transiteur. A 15 h 10, vous serez autorisés à vous envoler. Cette autorisation expirera à 15 h 15. Bon voyage, Cokaze !

Les quatre hommes se levèrent en silence et quittèrent la pièce sans mot dire. Rhodan, les bras croisés sur la poitrine, les suivit du regard.

Pour Cokaze, le jeune Thomas Cardif n'était qu'un instrument au service de son projet. Après l'échec cuisant qu'il avait essuyé lors de son entrevue avec Perry Rhodan, il ne poursuivait plus qu'un seul but : incorporer à Arkonis l'Empire Solaire et s'attribuer l'exclusivité du commerce extérieur.

Dès son retour sur Vénus, il convoqua en session plénière l'ensemble de ses agents. Il décida de faire décupler la cadence et la violence de ses actes de sabotage. Thomas Cardif essayait vainement de lui conseiller la modération.

— Je sais mieux que vous ce qu'il convient de faire ! s'écria Cokaze.

— Vous devriez le savoir, en effet, répondit Cardif, sarcastique, malheureusement, vous ne le savez pas. Vous ignorez, par exemple, où se trouvent les quatre endroits sur Terre où stationnent environ cent mille hommes tenus en réserve. Vos agents, vous ont-ils dit quels sont les projets que Rhodan nourrit à leur égard ?

— Rhodan, toujours Rhodan ! s'emporta Cokaze, cette vermine de la Voie lactée !

— Pourquoi vous fâchez-vous pour si peu ? Ne vous suffirait-il pas d'un message sur hyperondes pour que, d'ici deux à quatre jours, des milliers de transiteurs envoyés par vos alliés se jettent sur l'Empire Solaire et le fassent disparaître de la Galaxie ? Pourquoi ne le faites-vous pas ?

— Parce que seul un Terranien peut poser une question aussi idiote ! cria le vieux chef avec hargne.

Il savait très bien que Thomas avait raison, mais appeler à la rescousse ses cousins signifiait aussi partager le butin avec eux, et cela, il ne le voulait à aucun prix.

— Bon, dit Cardif tranquillement, je suis donc un idiot. Mais à votre place, plutôt que de tout démolir, j'essayerais de mettre les députés et l'opinion publique de mon côté.

— Peut-être, hurla Cokaze hors de lui, mais ils ne s'appellent pas tous Thomas Cardif !

— Je comprends, Cokaze, rétorqua Cardif. Il est vrai que tout le monde n'est pas un traître comme moi. Mais vous ne m'avez jamais demandé les raisons de mon acte. Je vous les dirai quand même : ma mère était très gravement malade lorsque mon père, contre l'avis des médecins, l'a envoyée à

Arkonis pour négocier l'achat d'une centaine de croiseurs de bataille ; elle en est morte !

« Voilà ce qu'il faudrait faire savoir dans l'Empire tout entier pour démolir le prestige de Rhodan plus sûrement que tous vos sabotages qui ne feront que resserrer les rangs de vos adversaires. »

— Ce que vous racontez là, Cardif, n'est pas possible ! Aucun homme ne peut sciemment envoyer sa femme à la mort !

— Et pourtant Rhodan l'a fait ! C'est pour venger la mort de ma mère que j'ai rompu mon serment de soldat et juré la perte de Rhodan. C'est tout ce que je désire : sa mort ! Elle seule donnera un sens à ma vie...

D'un geste, Cokaze balaya les papiers qui jonchaient sa table. Le vieil homme regarda avec frayeur le jeune lieutenant qui semblait l'incarnation de la haine.

— Non, Cardif, cela ne peut pas être vrai. Je n'aime pas Rhodan, tu le sais. Mais dans ses yeux il n'y a rien d'un meurtrier. Toutefois l'idée est peut-être bonne à exploiter. Tiens, vingt-quatre heures avant la session extraordinaire du parlement, mes agents feront le nécessaire pour répandre la « bonne nouvelle ».

— Doucement, Cokaze ! N'oubliez pas les mutants de Rhodan, ces hommes aux capacités spéciales. Il y en a qui sont de véritables passe-murailles, d'autres peuvent disparaître en une

44

seconde et reparaître l'instant d'après à des centaines de kilomètres plus loin...

— Oui, j'en ai entendu parler. Mais la plupart du temps, il s'agit de racontars.

— Pas du tout, Cokaze ! Je vous donne un bon conseil : ne restez pas avec le *Cok I* sur Vénus, mais gagnez l'espace libre ; vous n'y serez pas en sécurité absolue, mais tout de même mieux à l'abri des mutants qu'ici !

Une fois de plus, les paroles de Thomas impressionnèrent le patriarche qui dut admettre qu'il connaissait parfaitement les arcanes du petit empire.

— Et vous-même, Cardif, vous ne craignez pas les mutants tout-puissants ?

— Voilà ! cria Thomas, et en même temps, une force invisible enleva Cokaze de son siège, due à une arme électronique que le jeune soldat venait de braquer sur lui.

— Moi, je connais les mutants et je suis paré. Ceux d'entre eux qui me sont inconnus, je les reconnais à leur démarche et alors, le problème est simple, c'est à celui qui survivra ! Rhodan fera tout pour s'emparer de moi. Ma personne l'intéresse plus que vous-mêmes et vos quatre mille transiteurs !

— Vous n'avez pas de complexes d'infériorité !

Cokaze avait souri en disant cela, mais Thomas continua sur sa lancée :

— Il n'est pas sûr que la propagande de bouche à oreille soit suffisante pour déterminer la chute de Rhodan. Pourquoi laisser rouiller vos bateaux sur

Mars et Vénus ? Pourquoi ne pas accaparer ne fût-ce que le commerce entre ces deux planètes, dont le bénéfice vous permettrait de couvrir au moins les frais d'entretien de votre flotte ?

« D'ailleurs, j'apporterai mon concours au renversement de Rhodan. Deux heures avant la réunion du parlement je haranguerai personnellement Terrania sur hyperondes, si vous mettez vos installations à mon service ! »

— Je suis d'accord, Arkonide, répondit Cokaze, en utilisant cette appellation respectueuse, à la seule condition de connaître auparavant le texte de votre allocution.

— Ne vous ai-je pas encore fourni assez de preuves de ma loyauté ? Je pense n'être qu'un outil entre vos mains, un outil qui sera jeté dès qu'il aura servi. Faites en sorte que mon soupçon ne se vérifie pas. Je suis arkonide et certain que le Régent me reconnaîtra en tant que tel. Tenez-en compte si vous voulez que nous restions amis !

Il tourna les talons et quitta la pièce avant que le patriarche, surpris, ait eu le temps de répondre.

— Grands dieux, se dit-il, ce jeune traître serait-il capable de lire dans mes pensées ?

La flotte solarienne avait abandonné sa ronde autour de Terra. Désormais, elle se tenait dans l'espace compris entre Mars, Terra et Vénus. Ses instructions étaient claires : ne pas gêner la navigation entre Mars et Vénus, mais empêcher tout navire étranger d'approcher de Terra. Il fallait, en effet, se rendre à l'évidence : présentement, Mars et Vénus étaient entre les mains de Cokaze.

Avec la D.S.T. solarienne, le corps des mutants, la flotte était d'un loyalisme absolu face à son chef suprême. Les mutants, en particulier, n'avaient point oublié l'affront dont ils avaient été l'objet lors de la dernière session parlementaire ; pourtant, aucun d'eux n'avait essayé de le venger de sa propre initiative.

L'heure était venue pour les mutants d'intervenir dans la lutte pour l'indépendance de la patrie. En premier lieu, il s'agissait de connaître les projets de Cokaze et le rôle joué par Thomas Cardif. Trois mutants avaient pour mission de le transférer sur Terra.

Bien entendu, L'Emir, le mulot rusé et téméraire, faisait partie du commando en sa qualité unique de téléporteur et de télékinésiste. De son côté, John Marshall était un excellent télépathe, et Fellmer Lloyd un remarquable télédétecteur.

Réginald Bull se tenait dans un coin. Il aurait aimé participer à ce raid, mais il devait, avec les autres collaborateurs intimes de Perry Rhodan, assister à la session extraordinaire du parlement fixée au lendemain. De sa voix flûtée, L'Emir s'adressa au Stellarque et dit :

— Perry, tu ne permettrais pas à ton gros rouquin

de venir avec nous ? Je te promets de le ramener vivant à l'abattoir, demain à midi !

Décidément, le mulot manquait de respect à tout le monde.

— Quel abattoir ? demanda Rhodan, qui n'avait écouté que la fin de la phrase de son petit collaborateur.

— Je n'en sais rien, répondit L'Emir, tout ce que je sais c'est que le pauvre Bully y pense constamment et qu'il prépare pour demain toute une flopée d'injures et de gros mots qui me font presque rougir de honte...

Furieux, Bull se leva pour se précipiter sur l'impertinent mulot, mais se trouva brusquement figé sur place. Une fois de plus, le petit L'Emir avait exercé ses talents de télékinésiste à ses dépens.

— Oh, Perry, continua de pépier le mulot, Bully pense que le parlement de demain sera un abattoir et vous tous, les bêtes qui y seront tuées. Est-ce vraiment aussi grave que cela ?

Rhodan regarda avec une infinie sympathie le petit mulot, dont il connaissait l'attachement inconditionnel tant pour lui-même que pour Réginald Bull qu'il avait sauvé plus d'une fois au péril de sa vie.

— Non, mon petit L'Emir, ce n'est pas trop grave, répondit-il, mais la lutte sera chaude. Je n'abandonne pas aussi facilement un combat que je mène depuis plus de soixante-dix ans et qui est pour moi un devoir sacré. J'ai bon espoir que cette fois encore...

48

Dans le bureau de Rhodan aboutissaient un grand nombre de relais vidéophoniques. Plusieurs haut-parleurs se mirent à crépiter. On reconnut la voix du chef du D.S.T., Allan D. Mercant.

— Commandant, de toutes les capitales du monde entier me parviennent des communications qui font état d'une propagande soigneusement concertée et qui prétend que vous avez voulu la mort de votre épouse en l'envoyant à Arkonis contre l'avis de ses médecins.

Rhodan, le visage livide, ferma les yeux pendant quelques secondes avant de répondre avec un calme apparent :

— Merci, Mercant, continuez de me tenir au courant.

Bull se rapprocha de son ami.

— Laisse-moi partir avec L'Emir. Au besoin, tu pourras toujours me toucher par l'intercom. Nous te ramènerons rapidement Thomas Cardif. Pour ma part, je crois qu'il faudrait le confier à un psychiatre. Son action prouve qu'il n'a pas toute sa raison.

Rhodan leva la tête.

— Non, Bull, tu n'en feras rien. Le commando contre Thomas Cardif est annulé. Je ne répondrai pas non plus aux calomnies qui me concernent.

— C'est moi qui répondrai, intervint Bull vivement, et cette fois-ci je n'accepterai pas tes ordres. J'ai toujours protégé Thomas et je me sens responsable de ce qui vient d'arriver par sa faute. C'est à moi de réparer !

Rhodan, l'homme le plus puissant de l'Empire Solaire, mais père bafoué et époux calomnié, était au bord du désespoir. Il ne répondit pas.

Les yeux énormes de L'Emir exprimaient un étonnement sans limites. Lui, dont l'intelligence dépassait de loin celle de la plupart des hommes, sentait dans cette situation un mystère. Incapable de le définir, il prit, dans son inquiétude extrême, une décision grave.

Ayant quitté, accompagné de Marshall et de Lloyd, la salle de conférence, il se déstructura et reparut à la surprise générale dans le central de l'astroport.

— Quand part le prochain navire pour Mars et Vénus ? demanda-t-il.

— L'accès de Mars et de Vénus est interdit. Le dernier vaisseau, le *Don-4,* vient de partir il y a huit minutes. C'est un transporteur avec des médicaments à son bord.

— Pouvez-vous m'indiquer sa position exacte dans l'espace ?

Sur l'écran du radar apparut un minuscule point qui, sous l'agrandisseur métrique, devint rapidement un disque cependant que, chaque seconde, une voix métallique énonçait sa position dans l'espace solaire.

— Où êtes-vous ? cria, stupéfait, le fonctionnaire en constatant la disparition soudaine du mulot.

Non moins grande fut la surprise du capitaine

commandant le *Don-4* qui vit surgir à côté de lui, en plein milieu de l'espace, le petit L'Emir.

— Quelle est la destination de votre vol, capitaine ? demanda d'un ton impératif le lieutenant en uniforme du corps des mutants.

— J'ai ordre de rallier le *California,* lieutenant. Pourquoi...

— Et quelle est la distance qui sépare le *California* de Vénus ?

— C'est à l'ordinateur de nous le dire. Attendez un instant... Brothers, demandez la réponse au service positonique.

Une jeune officier d'informatique intervint immédiatement et présenta un instant plus tard une bande en plastique perforée que L'Emir examina attentivement. « Ce sera un nouveau record », dit-il entre ses dents. Puis, s'adressant au capitaine Eyk :

— Quand irez-vous en transition ?

— En transition, pour quelques millions de kilomètres ? Vous n'y pensez pas ! D'ailleurs c'est interdit, lieutenant.

A cette minute, L'Emir risquait sa vie et sa carrière.

— Je suis en service commandé, prétendit-il, et j'ai mission de rallier Vénus le plus vite possible. En ma qualité de lieutenant du corps secret des mutants, je vous donne l'ordre de passer immédiatement en transition.

— Il vous faut joindre Vénus, lieutenant ? dit le

capitaine tout étonné. Mais nous ne pouvons que nous en rapprocher !

— Le reste est mon affaire, répondit L'Emir, n'oubliez pas que je suis téléporteur. En attendant, laissez-moi prendre quelque repos.

Et il s'endormit sur-le-champ dans un fauteuil près de lui.

La modification structurelle consécutive à la transition du *Don-4* fut enregistrée sur toutes les stations de l'Empire Solaire et fit sensation. Des commentaires indignés fusèrent de toute part. Mais L'Emir ne voulut rien entendre.

— Service secret, pépia-t-il, passez à la vitesse de la lumière, vous entendez, capitaine !

— Non, lieutenant, notre vitesse diminue, bien au contraire. Et que le diable vous emporte si j'ai des ennuis pour avoir suivi vos ordres.

— D'accord !

Et à l'instant même, la place qu'avait occupée le mulot fut vide.

— Brothers, cria le capitaine Eyk, excédé, arrêtez donc votre boîte à hyperondes, et appelez-moi seulement si c'est Terra qui me demande, compris ?

Trempé jusqu'aux os par une persistante pluie nocturne, L'Emir avait de la peine à récupérer ses forces après le bond record qu'il venait d'effectuer. Une demi-heure à peine après son arrivée sur Vénus, il se sentait de nouveau d'aplomb et concentra toutes ses forces télépathiques sur Thomas Cardif.

« Il aurait fallu emmener Harno », songea-t-il avec regret.

Harno était cette curieuse créature en forme de boule qui était restée sur Terre et la distance qui le séparait de Vénus était trop grande pour être franchie en télépathie.

La nuit sans fin, la pluie diluvienne eurent raison du courage du mulot qui se plaignit d'être, une fois de plus, victime de sa nature impulsive. Cependant, son esprit restait, malgré lui, éveillé.

Une impulsion l'avertit de la présence de Thomas. De toutes ses forces, il se concentra sur la personne de Cardif, mais dut constater que celui-ci se trouvait non point sur Vénus mais quelque part, beaucoup plus loin, dans l'espace interplanétaire. En effet, Thomas Cardif vivait à bord d'un navire de l'espace !

Il fallait un effort mental inimaginable pour situer non seulement le vaisseau, mais aussi et surtout la cabine où se tenait le fils de Rhodan. La chance voulut que Thomas constatât en ce moment-là avec dépit que sa cabine n'était même pas reliée au central des télécommunications du navire. Cette coïncidence fut favorable au mulot et lui permit de joindre le transiteur sur son orbite autour de Vénus.

Allan D. Mercant, chef du D.S.T. solarien, avait été informé en priorité de la transition insolite qu'avait effectuée le *Don-4.* Avant même d'avoir pu délivrer le médicament qui devait sauver la vie d'un marin du *California,* le capitaine Eyk fut appelé par l'intercom pour répondre de son acte contraire au règlement.

— Comment, L'Emir est à votre bord ? répondit Mercant, incrédule.

— Il y était, monsieur le maréchal, car il a disparu aussitôt la transition terminée.

— Merci, capitaine ! dit Mercant brièvement, en coupant la communication.

— Ouf, je l'ai échappé belle, soupira Eyk en s'épongeant le front.

Une seule ordonnance de Réginald Bull avait suffi pour modifier les programmes de la Télévision d'Etat, soit environ cinquante pour cent de toutes les stations émettrices. En réponse aux bruits selon lesquels Perry Rhodan aurait envoyé sa femme sur Arkonis III pour hâter sa mort, il fit diffuser le film des funérailles de Thora, inhumée dans un mausolée sur la Lune. Le témoignage qui se dégageait de ces cérémonies était pour tous les spectateurs un démenti formel des calomnies courant sur Perry Rhodan, surtout la scène où, les traits altérés par le chagrin, il tendait la main à son fils Thomas Cardif. Celui-ci, le visage fermé, détournait la tête pour

54

ignorer le geste paternel, alors que Réginald Bull, qui avait tout observé, tirait le fils vers lui et prenait sa place à côté de Rhodan.

Cette émission, reprise toutes les deux heures, n'était évidemment pas de nature à avantager Thomas Cardif dont l'attitude hostile à son père était ainsi rendue publique.

Depuis le début de cette contre-campagne, Réginald Bull n'avait pas quitté l'écran de son téléviseur et suivait attentivement les sondages d'opinion consécutifs à chacune des émissions.

Allan D. Mercant l'appela :

— Je viens de parler à John Marshall. Il est aussi surpris que moi-même. Il faut croire que L'Emir se trouve effectivement sur Vénus.

— Qu'est-ce qu'il veut fiche là-bas ? demanda un peu bêtement Bull.

— Sans doute s'est-il mis en tête de capturer Thomas et de l'amener ici !

Le rouquin secoua sa tête massive.

— Oh non, Mercant, ce n'est certainement pas cela. Mais dites-moi, quelle est la distance que L'Emir a franchie en bondissant sur Vénus ?

La réponse était incroyable !

— Vous ne vous êtes pas trompé ? L'Emir n'avait même pas de scaphandre. Et cette idée d'intimer l'ordre au capitaine d'effectuer une transition à l'intérieur du système solaire ? La modification structurelle consécutive a mis en panne plusieurs appareils de mesure ! Avant tout, j'aimerais bien savoir quels sont les mobiles de ce sacré mulot. Perry est-il au courant ?

— Pas encore. Tout à l'heure je lui ferai mon rapport.

— Ce n'est pas la peine, je m'en occuperai moi-même, Mercant !

Mercant était sûr que Bull ne soufflerait mot à personne de l'escapade de son petit protégé, L'Emir, le mulot intrépide !

Il n'y eut pas le moindre bruit lorsque L'Emir se rematérialisa dans le couloir menant à la cabine qu'occupait Thomas sur le *Cok I*. Le pont du navire transiteur était brillamment éclairé, mais il n'y avait pas âme qui vive. Sur la porte à côté, le mulot pouvait lire « Dépôt de matériel ». Trop paresseux pour user de sa main, il l'ouvrit par télékinésie et se trouva aussitôt dans un vaste dépôt rempli des marchandises les plus diverses. Par téléportation, il bondit sur le sommet de l'amoncellement et poussa un sifflement de surprise. Derrière l'amas de ballots et de containers en plastique, soigneusement soustrait à tout regard indiscret, se trouvait tout un arsenal de bombes dont une seule aurait suffi à démolir la moitié d'une planète. « Où il y a des bombes, se dit L'Emir, il y a aussi des amorces ; sinon les bombes ne sont plus que de la ferraille. ». Et c'est justement ce qu'il voulait qu'elles deviennent.

Quelqu'un ouvrit la porte du dépôt. L'Emir perçut bien les émissions cérébrales de deux êtres, mais ne parvint pas à les déchiffrer tout de suite ; il les identifia pourtant comme les pensées de deux robots !

Cokaze avait donné l'ordre de distribuer les bombes et leurs amorces aux transiteurs de sa flotte qui devaient, dans les heures prochaines, s'élancer contre Terrania. Un des deux robots disait : « Il paraît que le maître veut intimider les gens sur Terre avec des bombes à hydrogène, pour obtenir un traité », et ils mirent de côté les ballots de marchandises pour avoir accès aux bombes. Lisant dans les pensées des robots, le rusé mulot découvrit facilement l'endroit où étaient entreposées les amorces des bombes.

Il se rematérialisa dans un entrepont et, par effet de télékinésie, se fixa au plafond d'où il vit un être surveillant trois robots en train d'emballer les amorces. Il réfléchit au meilleur moyen de les rendre inoffensives, et résolut de recourir à l'hypnose. Sa victime innocente fut le surveillant qui trouva tout naturel d'ordonner à ses robots de remettre les amorces dans leur caisse d'origine. Un nouvel ordre, et chaque robot transporta une des caisses vers le grand sas d'embarquement, le surveillant, toujours endormi, sur leurs talons. L'Emir n'avait pas oublié que l'ouverture du sas déclenchait automatiquement un signal acoustique et optique à la fois. Par voie télépathique, le mulot parvint à contrôler le poste de commandes central du transiteur ! Maintenant, le surveillant actionnait lui-même l'ouverture du sas, la refermait. Des pompes en aspirèrent l'air. Et puis s'ouvrit l'orifice vers l'extérieur. L'Emir eut la profonde satisfaction de voir les trois robots jeter les caisses remplies d'amorces dans l'espace interplanétaire ! Mais il n'avait pas pensé au champ protecteur électromagnétique qui entourait chacun des navires transiteurs, empêchant les caisses de gagner effectivement l'espace libre.

Au même instant, il se rendit compte que l'alerte avait été déclenchée dans le central de *Cok I.* Le surveillant, toujours inhibé, ne réagit pas, mais le mulot comprit qu'il ne lui restait que quelques secondes pour achever la destruction des amorces. Dans un puissant effort cérébral, il rassembla toute son énergie télékinésique, et imprima aux caisses une accélération terrifiante qui eut pour effet de porter le rayonnement électromagnétique jusqu'à l'extrême limite de son pouvoir désintégrateur.

Tout près de la coque du transiteur se produisirent alors des irradiations incandescentes et la plupart des appareils de mesure et de contrôle à bord du navire tombèrent en panne. Personne ne put savoir quels avaient été les objets jetés dans le vide. L'affolement fut général, les sirènes d'alarme hurlaient et mille clignotants entrèrent en action.

Parmi les premiers qui se précipitèrent vers le

poste de commande, se trouvait Thomas Cardif. Lui comme les autres entendit Cokaze crier de toutes ses forces :

— Dehors !

Mais Thomas n'obtempéra point.

— Dehors, Terranien ! hurla Cokaze.

Mais en cette minute, Thomas était arkonide. Un simple geste lui suffit pour remettre Cokaze à sa place.

— Qu'est-ce qui vient de se passer ? demanda-t-il.

Depuis un moment déjà, L'Emir avait quitté le sas. Maintenant, il se tenait dans une cabine éloignée de *Cok I* où il écoutait, par télépathie, Cokaze et Thomas Cardif.

— Il vous faut beaucoup de temps pour recouvrer vos esprits, ricanait ce dernier ; je vous recommande-rai un stage à l'école militaire de Terrania pour apprendre à maîtriser vos nerfs.

Cokaze répondit par une injure lancée en arko-nide. En d'autres temps et d'autres lieux, le jeune Cardif aurait réagi par les armes, mais il ne perdait ni sa lucidité ni son sang-froid.

— Nous n'avons pas été attaqués de l'extérieur, affirma un officier qui venait d'entrer. Je jurerais avoir vu trois objets passer devant l'écran.

— Et c'est maintenant seulement que tu me dis cela ? hurla Cokaze.

— Oui, maître, trois objets qui semblaient venir du côté du grand sas...

Avec l'agilité d'un jeune homme, le vieux Cokaze

passa devant Thomas Cardif et quitta la salle. Le mulot, lui, s'amusait du jeu qu'il dirigeait à l'insu de tous, et en pensant aux bombes désamorcées. Il restait en étroit contact télépathique avec Cokaze et Cardif. Le soupçon, très justifié, du patriarche concernait effectivement les amorces. Les deux hommes avaient atteint le dépôt à triple blindage qui les avait abritées : il était vide, complètement vide !

— Foggzi, où es-tu ? cria le vieux.

Il n'eut pas de réponse. Le surveillant, toujours en état hypnotique, se tenait devant le sas principal, apparemment indifférent à tout, le regard vide. Près de lui attendaient les trois robots positoniques, immobiles, les bras ballants. Leur état intrigua Cokaze mais Thomas Cardif comprit.

— Cokaze, il n'y a pas de doute, un des mutants de Perry Rhodan doit se trouver à bord du *Cok I* !

— Si cela est vrai, il faut le trouver, Arkonide !

— Dites-moi à quoi devaient servir les amorces de bombes à fusion qui étaient entreposées ici ?

— Je voulais placer Rhodan devant l'alternative de signer le contrat ou de voir ravager ses planètes par mes bombes à hydrogène. Mais cette dernière hypothèse n'est sans doute pas de ton goût, Terranien ?

— Non. Ce n'est pas avec de telles méthodes que tu auras raison de Rhodan. Les Terraniens sont gens coriaces et pleins de ressources, l'Univers entier le sait.

60

— Pourquoi les quittes-tu, alors, puisqu'ils ont tant de qualités ?

— Aurais-tu oublié que Rhodan est le meurtrier de ma mère ?

— Laisse tomber ce bobard ! Dis-moi plutôt quel est le mutant qui peut se trouver ici à bord !

Cardif, déçu et blessé à la fois, répondit avec hargne :

— Cherche-le toi-même. S'il s'agit d'un bobard, comme tu dis, pourquoi fais-tu semblant de me soutenir ? N'oublie pas que ma mère était arkonide et que toi, tu n'es qu'un misérable commerçant.

Une fois de plus, le prestige de l'Arkonide avait opéré, et le vieux Cokaze s'inclina. Pourtant, il murmura :

— Ne pousse pas les choses trop loin, Arkonide !

Tout cela, L'Emir l'apprit grâce à son don de télépathe. Le fait qu'on allait le rechercher n'était pas de nature à l'effrayer. Un bond lui suffit pour regagner presque instantanément Vénus ; en effet, il considérait sa mission comme accomplie. Rhodan avait interdit de recourir à la violence pour ramener Thomas sur Terra et le mulot eut garde de contrevenir à un tel ordre.

CHAPITRE IV

Quatre heures avant l'heure de la session extraordinaire du parlement terranien, L'Emir surgit, venant apparemment du néant, devant Perry Rhodan que Bull, effectivement, n'avait pas informé de l'initiative téméraire du mulot.

— Tu as mauvaise mine, mon petit, qu'est-ce qui t'est arrivé ?

L'Emir, qui tutoyait tout le monde et même le Stellarque, se glissa dans un fauteuil.

— Je ne suis pas malade, Perry, seulement un peu fatigué ; mais ça passera. Je reviens du transiteur du vieux Cokaze. Cet individu avait préparé des bombes nucléaires pour en arroser Terra, Mars et Vénus. Mais j'ai fait disparaître toutes les amorces...

Rhodan fronça les sourcils :

— Et sur l'ordre de qui as-tu ainsi agi, L'Emir ?

— Heu, personne... c'est moi qui...

— De quel droit, lieutenant, vous êtes-vous absenté en pareilles circonstances, sans y être autorisé ? dit Rhodan d'une voix sévère.

— Perry, je t'en prie, gémit le mulot, ne me parle pas sur ce ton-là. Tu me fais trop de peine. C'est uniquement pour te rendre service que j'ai risqué le coup...

— Lieutenant, depuis un certain temps déjà je dois constater avec déplaisir que vous prenez des libertés incompatibles avec la charge d'un lieutenant du corps secret des mutants.

— Perry, ne me parle pas sur ce ton officiel ! Commandant, j'ai contrôlé la pensée de ton fils Thomas Cardif. Le gosse est intimement convaincu que tu as voulu la mort de Thora en l'envoyant à Arkonis contre l'avis des médecins...

D'un geste rapide, Rhodan avait saisi le bras de L'Emir.

— Qu'est-ce que tu racontes là ?

— Mais oui, il est persuadé que tous ces racontars contre toi reposent sur la vérité et...

— Et quoi ?

— Et que quelqu'un qui agit de bonne foi, reprit courageusement le mulot, ne doit pas être jugé comme un quelconque salopard animé de projets néfastes...

— Je vois que toi aussi tu rallies le groupe de ceux qui me conseillent de laisser courir un déserteur uniquement parce qu'il est mon fils !

— Non, Perry, je te déclare que le lieutenant Cardif n'est pas un vulgaire déserteur et qu'il te considère effectivement comme le meurtrier de sa mère. Réfléchis et dis-moi si tu ne portes pas une grande part de responsabilité dans tout ce qui est arrivé ces temps derniers. Au fait, pourquoi ton fils ne s'appelle par Rhodan, mais Cardif ?

L'Emir s'était libéré de l'emprise de Rhodan et avait reculé de quelques pas pour lui parler. Maintenant, il l'observait de ses grands yeux qui témoignaient éloquemment de son affection et de sa fidélité sans faille pour le Stellarque. Celui-ci avait écouté en silence. Il se redressa lentement, son regard se radoucit et il dit :

— Mon petit mulot, laisse-moi maintenant. Tu es tout de même quelqu'un d'épatant. Va prendre un verre chez Réginald Bull, mais laisse-lui un fond de bouteille !

— Je n'ai pas soif, pépia L'Emir, de nouveau rassuré et tout guilleret, d'ailleurs, le gros rouquin arrive...

En effet, quelques secondes plus tard, Bull entra, les yeux bouffis par une nuit sans sommeil. La présence de L'Emir lui était désagréable car il avait omis d'informer Rhodan de l'aventure du mulot.

— Mon cher rouquin, reprit ce dernier qui avait regagné tout son aplomb, nous sommes tous légèrement fatigués, mais sûrement pas autant que le cheikh des cheikhs, le père Cokaze.

— Dis donc, mulot, choisis tout de même tes mots ! intervint Rhodan, scandalisé par la manière de s'exprimer de son minuscule ami.

Mais celui-ci continua sur sa lancée :

— Tu sais, le vieux schnok voulait arroser nos

64

planètes avec ses bombes nucléaires. Et quand il a vu le merveilleux feu d'artifice que j'avais allumé tout près de son bateau, avec les amorces de ces dangereux joujoux, il a eu une drôle de frousse, je te l'affirme. Et pour couronner le tout, ton fils Thomas a ajouté son grain de sel, c'était sensationnel...

Bull écoutait avec étonnement. Mais ce qui le surprenait plus encore que le récit du mulot, c'était l'attitude décontractée de Perry Rhodan qui, pour la première fois depuis bien longtemps, entendait parler de Thomas Cardif sans se raidir.

— Oui, sensationnel, je vous l'assure ! Thomas avait toute l'arrogance d'un vrai Arkonide en se moquant de la tremblote qui secouait Cokaze et ses coquins. « Allez donc faire un stage à l'Académie Militaire de Terrania, leur a-t-il dit, pour apprendre à avoir un peu de tenue si quelque chose ne tourne pas rond ! » Ce qui n'empêche que ce vieux Cokaze reste un morceau assez dur à avaler..., conclut le mulot, le front plissé comme un diplomate de carrière.

— Il l'est, en effet, convint Perry Rhodan qui tendait un hypergramme à Réginald Bull. Maintenant, Cokaze réclame son monopole fondé sur je ne sais quelles anciennes lois galactiques que ses juristes ont dénichées on se demande où...

Le visage de Bull se rembrunit en lisant ce texte.

— Et ce libellé est communiqué aussi aux parlementaires ?

— Non, tout au moins pas sous cette forme. En

effet, nos services ont intercepté le message et ont pu le décrypter. Voici le texte destiné aux parlementaires.

Bull parcourut ce deuxième document où le patriarche jetait aux députés l'appât d'un successeur au Stellarque en la personne de son fils Thomas Cardif, l'Arkonide. il regarda les yeux gris de Rhodan qui ne semblait nullement décontenancé.

— As-tu déjà entrepris quelque chose contre la flotte de Cokaze ?

— Oui, bien sûr ! Mais dans l'immédiat, ce sont uniquement les mutants qui sont en action. Il y aura du grabuge parmi les Marchands sur Mars et Vénus, tu le verras bientôt...

Perry Rhodan était capable de saisir le moindre avantage. La marine de guerre solarienne était en alerte. Ses unités lourdes et super-lourdes croisaient dans l'espace entre Mars et Vénus, pendant que des formations de chasseurs et de destroyers s'approchaient des deux planètes jusqu'à une distance de cent mille kilomètres seulement, quitte à disparaître dans les profondeurs de l'espace à la première apparition d'un transiteur ennemi. Les consignes étaient strictes : il fallait attaquer dans le seul cas où un navire transiteur mettrait le cap sur Terre.

Les capitaines des vaisseaux terraniens ne se souciaient nullement de politique. Ils ne reconnaissaient comme chef que Perry Rhodan, le créateur des forces spatiales qui, dans maintes situations dangereuses, leur avait prouvé sa compétence.

Une part des messages échangés entre les unités en vol était transmise en langage clair pour permettre à Cokaze d'apprendre que les unités solariennes avaient l'ordre d'ouvrir le feu sur tout bâtiment transiteur allant vers la Terre.

La flotte de Cokaze était supérieure en nombre, mais n'avait rien à opposer à la puissance de feu formidable des super-croiseurs de 1 500 mètres de diamètre des Terraniens. C'est pourquoi le patriarche s'abstint d'une action-éclair destinée à faire occuper par surprise tous les points stratégiques de Terra. Il avait commis une lourde erreur en quittant, quelques jours auparavant, les ports de la Terre, et en se contentant de tenir Mars et Vénus ainsi que quelques bases situées sur certains satellites des plus grosses planètes.

La flotte de Cokaze était en état d'alerte. Les négociants avaient coutume d'imposer partout leur volonté et eurent du mal à accepter la farouche résistance que leur opposait le petit Empire Solaire. Rares étaient ceux qui comprenaient l'attitude circonspecte de leur chef que, cependant, nul n'aurait osé contester.

Cokaze avait donné des consignes précises à

chacun de ses commandants. Pourtant, lorsque le feu se déclara dans la salle des machines de *Cok CXXX,* le capitaine Solam, très décontracté, donna l'ordre d'abandonner le navire sans même essayer d'éteindre l'incendie. Aucun des trois cent cinquante membres de l'équipage ne fut surpris par cet abandon, chacun d'eux fit son paquetage et quitta le bateau en perdition. Une fois dans l'espace, ils virent, un kilomètre plus loin, un autre transiteur en flammes, et peu après d'autres encore qui brûlaient comme des torches. Mais cette simultanéité n'était pas pour les étonner.

Le port secondaire K-f3 était le théâtre d'autres événements énigmatiques. Quelques-uns parmi les Marchands ne leur attribuèrent guère d'intérêt, mais les équipages d'environ trente transiteurs vivaient en pleine panique.

Cokaze, à bord de son *Cok I,* en fut alarmé. Zugan, commandant le *Cok DV,* bégayait d'émotion en faisant son rapport sur télécom.

— Maître, le *Cok CXVI* qui vient de quitter le système, il y a tout juste huit minutes, ne donne plus de ses nouvelles ! Quant au capitaine Gudin, il vient de monter, avec tout son équipage, dans les embarcations de sauvetage avec l'intention, paraît-il, d'explorer la jungle de Vénus ! Nous avons tout fait pour l'en dissuader, mais ils ont fait usage de leurs rayons hypnotiques...

Le central de *Cok I* interrompit cette communication pour annoncer, d'une voix tremblante, l'appel d'urgence de Kacozel :

— Maître, votre neveu vous interpelle de Mars où se passent des choses inquiétantes...

— Comment ? Là-bas aussi, comme sur Vénus ? Alors, passe-moi Kacozel mais tâche que l'image soit plus nette que celle de Zugan !

Cokaze, généralement très sûr de lui, sentait flancher ses nerfs. Lui, le réaliste, était désemparé face à tous ces événements paranormaux. Sur l'écran du vidéophone apparut la tête de Kacozel, commandant une formation stationnée sur Mars-City.

— Maître, suppliait-il, ne croyez pas que j'aie perdu l'esprit en vous disant que...

— Au fait !

A ce moment, Thomas Cardif entra et put entendre le récit suivant : sur Mars-City, huit navires avaient été ou la proie des flammes ou, d'une façon plus mystérieuse encore, victimes de ravages survenus dans leurs salles de machines, où de lourds appareils avaient été arrachés de leurs fondements, disloqués et transformés en projectiles qui s'étaient heurtés aux parois et aux autres installations, les démolissant presque toutes. Les équipages, pris de terreur, avaient abandonné leurs navires et s'étaient réfugiés en ville.

— C'est un coup des mutants de Rhodan ! objecta Thomas Cardif, c'est sa riposte contre votre flotte, Cokaze. Si vous ne parvenez pas à neutraliser le commando de télékinésistes et de téléhypnotiseurs,

69

vous verrez bientôt sauter le *Cok I* comme vous avez vu sauter tout à l'heure les amorces de vos bombes nucléaires.

« Des mutants », ce mot ne disait rien à Cokaze qui était encore sous le coup des événements dont avait parlé son neveu sur Mars.

— Si c'est vrai, Cardif, c'est que chez moi aussi, un mutant...

Cardif rit franchement.

— Le mutant qui a opéré sur le *Cok I* n'était pas seulement télékinésiste, mais aussi téléporteur et hypnotiseur. Et s'il était seul, car au fond, nous n'en savons rien, ce ne pouvait être que le mulot...

— Un mulot ?

— Oui, un curieux mélange d'une souris et d'une loutre, haut d'un mètre environ. Si un jour vous étiez en sa présence, n'essayez pas de lutter contre lui. Cette créature est d'une intelligence supérieure. Elle parle le terranien, l'arkonide et l'intercosmos, elle est à la fois télépathe, hypnotiseur, téléporteur et kinésiste. Elle...

Soudain, Thomas Cardif fit un bond de côté et brandit ses deux armes à radiations ; au même instant, une force irrésistible les arracha de ses mains en même temps qu'il était plaqué contre le plafond. Tout près, à côté de lui, retentit un coup sourd. On entendit une petite voix qui pépiait :

— Ce que tu peux être bavard, Thomas Cardif. Lorsque je te vois là-haut, je suis bien content de n'être pas un homo sapiens. Et toi, pépère, comment te plais-tu là-haut ? Sais-tu maintenant ce que c'est qu'un mutant ? Mais ce que tu ignores encore, c'est que d'ici cinq minutes, ton beau *Cok I* ne sera plus qu'un tas de ferraille ! C'est malheureux, Thomas, que j'aie les mains liées à ton sujet, et que je ne puisse dire avoir perdu la mémoire en parlant de toi au Pacha. Ah ! les deux coquins là-haut sous le plafond !

Cokaze, le patriarche richissime de la famille la plus puissante des Marchands, crut perdre l'esprit en regardant, du haut du plafond, cet animal d'à peine un mètre de hauteur agir et lui adresser la parole. Il vivait une minute de terreur indicible. Le haut-parleur émit des craquements.

— Maître, les stations nucléaires numéros onze à quatorze se détachent de leurs fondations et...

Le reste de la communication fut noyé dans un cri d'épouvante suivi d'un bruit de tonnerre infernal. Derrière le vidéophone apparut le mulot très satisfait de lui-même, qui criait de sa petite voix :

— Ceci n'était que le premier coup : le deuxième...

Mais là, il se tut.

Cardif, retenu contre le plafond, ne fit aucune tentative pour se libérer, sachant de tels efforts voués à l'échec.

Cokaze, en soufflant et en se contorsionnant, essaya de regagner le sol ferme ou de saisir une de ses armes.

Pendant ce court laps de temps, L'Emir concentrait toutes ses forces contre les grandes centrales nucléaires et leurs transformateurs. Rien n'était à l'abri. Sous les yeux ahuris du dernier Passeur resté figé sur place par la peur, une immense flamme d'énergies concentrées fit fondre les gigantesques installations des usines atomiques. Un bruit d'enfer accompagnait le tout et le Passeur, enfin libre de ses mouvements, s'enfuit terrorisé en poussant des hurlements.

Sur le *Cok I,* l'ordre fut donné de gagner d'urgence les embarcations de sauvetage. L'Emir les écoutait avec délice, mais Cokaze et aussi Cardif avaient les yeux exorbités de terreur.

— Vous avez de la chance que je ne sois pas un être humain sinon je me ferais un plaisir de vous laisser périr là-haut. Heureusement pour vous, je ne suis qu'un mulot. C'est pourquoi je vous permettrai de sauter dans la dernière barcasse disponible. Mais en attendant, il vous faut patienter au plafond.

On entendait des pas sur le pont. Les Passeurs en train de quitter le navire recherchaient leur patron. Trois d'entre eux entrèrent précipitamment dans la pièce où se trouvaient Cokaze et Cardiff ; le mulot eut tout juste le temps de se cacher. Ils jetèrent un rapide coup d'œil circulaire, criant : « Il n'est pas là non plus ! » lorsque Cokaze, collé au plafond, les interpella. Les trois hommes, pourtant jeunes et vigoureux, levèrent leurs yeux vers le haut et en hurlant de frayeur, se précipitèrent au-dehors.

— Pas très héroïques, vos Passeurs ! pépiait le mulot en revenant de sa cachette.

Le ululement lugubre des sirènes s'était enfin tu. Mais on entendait de partout de sinistres craquements, des crépitements suspects, on ressentait des soubresauts consécutifs à des explosions.

— D'ici trois minutes, le navire quittera son orbite, pour se rapprocher le plus près possible de Vénus, annonça L'Emir. Comme je ne suis pas un monstre, je t'autorise, Cokaze, à revêtir un scaphandre ; mais n'oublie pas qu'étant télépathe, je puis lire dans tes pensées. Et maintenant, à toi, Thomas Cardif ; tu peux descendre.

Le jeune lieutenant, souple et bien entraîné, se glissa doucement vers le sol, pas comme Cokaze qui, s'étant précipité dans un fauteuil, l'avait écrasé dans sa chute et jurait comme un charretier. On entendait des pas s'approcher. C'était le groupe de Passeurs, venus pour « décrocher » leur patron du plafond. L'Emir rabattit la visière de son scaphandre et, en se dématérialisant, disparut avant que le premier d'entre eux entrât dans la pièce. Le Passeur, tout ahuri, vit son maître debout au milieu de la salle et s'écria :

— Je l'avais pensé, ils ont eu des hallucinations !

— Non, gueula Cokaze furieux, il est exact que Cardif et moi étions collés au plafond. Ah ! que je le rattrape, ce sale mulot !

En entendant ces paroles, les Passeurs reculèrent, apeurés. Ils étaient sûrs maintenant que leur patron avait perdu l'esprit en parlant d'un mulot qui l'avait « collé au plafond » ! Mais il ne leur laissa pas le temps de réfléchir.

— Dans quel bateau de sauvetage y a-t-il une place pour le lieutenant et moi ?

— Dans le numéro six, maître.

Ils ne purent continuer. Le navire, en partie déjà démoli, subit de nouveaux ravages. D'abord, les amortisseurs d'accélération tombèrent en panne à cause d'un changement de cap trop rapide. La force centripète fit haleter péniblement les hommes presque immobilisés. En même temps, des bruits sinistres venaient de l'arrière du transiteur. Cardif comprit que L'Emir était en train de réduire le bateau à l'état de ferraille, comme il l'avait dit, et qu'il leur avait laissé juste le temps qu'il fallait pour sauter dans un bateau de sauvetage. Aussi il ajusta en vitesse le casque de son scaphandre et incita Cokaze à l'imiter.

— Faites vite, nom d'un chien, sinon la force d'accélération nous paralysera complètement !

— Eh, ricana Cokaze, on dirait que vous avez peur, Terranien ? Et votre fameux entraînement à l'Académie de l'Espace, a-t-il fait son effet ?

Le *Cok I* avait suivi une orbite de cinquante mille kilomètres autour de Vénus. Maintenant, il subissait une brusque déviation. L'Emir, suspendu dans l'espace à 10 kilomètres seulement du navire désemparé l'avait arraché définitivement à son orbite et transformé en une masse inerte, soumise sans défense à l'attraction terrifiante de Vénus. Ayant fait, il se téléporta et, avec cinq minutes de retard, fut au rendez-vous que John Marshall lui avait fixé dans un astroport de Vénus où d'autres tâches du même genre l'attendaient.

CHAPITRE V

Trois heures seulement avaient suffi pour faire embarquer cent mille spécialistes de la navigation interstellaire sur le super-croiseur *Titan* accompagné de cinq transports de troupe géants. La nuit avait favorisé l'opération.

Ses agents avaient informé Cokaze de la présence de cette force considérable, sans avoir réussi à connaître les raisons pour lesquelles ces hommes avaient été casernés dans des conditions aussi strictes. Le secret n'était connu que des collaborateurs les plus proches de Rhodan. Une demi-heure avant le départ de l'escadre, le maréchal Freyt avait réuni les commandants des six navires et renouvelé sa consigne : la destination du vol ne devait être révélée qu'au moment même de l'atterrissage.

Après trois heures de voyage, les six navires avaient atteint la vitesse nécessaire pour passer en transition. Sous la protection de leur amortisseur d'ondes de choc, ils s'élancèrent dans l'espace interstellaire et ne le quittèrent qu'au milieu de la nébuleuse M-13.

Une hypercommunication sténocodée d'un cinq millième de seconde apporta trois nouvelles importantes à Perry Rhodan et l'informa de la présence, sur Arkonis III, du maréchal Freyt à la tête de ses cent mille spécialistes. Ce message arriva une heure après la clôture de la session parlementaire qui avait été précédée d'un vote au cours duquel Perry Rhodan avait été réélu Stellarque avec une majorité confortable ; il est vrai que les abstentions et les bulletins blancs avaient été nombreux.

Allan D. Mercant et John Marshall agissaient de concert. Le D.S.T. solarien d'une part, et le corps des mutants d'autre part n'arrêtèrent pas de harceler les Passeurs qui s'étaient incrustés sur Mars et Vénus. Leurs actions isolées déroutèrent les Marchands à un point tel que, pour la première fois de leur histoire, le prestige du patriarche ne suffit pas pour assurer l'ordre.

Tel ou tel de leurs transiteurs fut anéanti d'une façon mystérieuse. Sous l'emprise de l'hypnose, leurs équipages accomplissaient des actes puérils. Pourtant, les Marchands eux-mêmes ainsi que leurs familles ne furent jamais inquiétés.

En revanche, lorsqu'il s'agissait de défendre le cerveau-robot principal sur Vénus, les hommes de

Mercant et de Marshall appliquaient le droit de guerre. D'ailleurs, il était surprenant que les Passeurs n'aient pas découvert cette installation capitale et, les premières heures d'affolement passées, Rhodan avait pris toutes les précautions pour mettre le cerveau positonique à l'abri de toute attaque.

Après la destruction du *Cok I,* Cokaze fut sauvé par une embarcation et déposé sur Vénus où, une heure plus tard, il s'installa sur le *Cok II.* Depuis trois jours, il y présidait un conseil de famille pour élaborer un plan d'offensive contre la Terre.

Pour une fois, il avait suivi le conseil de Thomas et c'est pourquoi le *Cok II* reposait sur un fond de 3 460 mètres sous l'océan vénusien.

Le vote favorable à Rhodan avait déçu Cokaze autant que Cardif. Persuadés de l'efficacité de leur campagne de dénigrement, ils avaient sous-estimé l'impact produit par les films télévisés de Réginald Bull. Et pour comble de leur déconvenue, Rhodan avait même réussi à faire voter la loi d'exception élargie !

— Patriarche, il faut absolument occuper Terra !

C'était le leitmotiv que Thomas Cardif, d'une voix haineuse, ne cessait de répéter. Il était devenu l'éminence grise de Cokaze qui était en admiration devant les connaissances du jeune homme, devant sa logique et ses dons d'orateur.

Leur projet était d'envahir la Terre au cours d'une action-éclair et de réduire en cendres sa capitale, Terrania. Cokaze était prêt à consentir pour la réussite de cette entreprise la perte d'un cinquième de sa flotte. Deux cents transiteurs seraient chargés de créer une diversion qui retiendrait au loin le gros des forces terraniennes. Le tacticien Thomas Cardif prouvait qu'il était bien le fils de son père, car Rhodan lui-même n'aurait pas élaboré meilleur stratagème.

Mais le Stellarque avait prévu cette ruse et avisé ses commandements en conséquence ; ils ne devaient pas accepter le combat contre une petite formation adverse afin de ne pas dégarnir le front de défense. D'un autre côté, des travaux d'urgence se poursuivaient sur la Lune pour la transformer en arsenal interplanétaire. C'est que, au cours du débat parlementaire, un autre problème était apparu et avait exigé une solution urgente : qu'étaient devenus les trois mille vaisseaux de Droufs dont le retour dans leur système d'origine était considéré comme presque impossible ? C'est la raison pour laquelle Rhodan avait ordonné que toutes les recherches fussent entreprises pour trouver une réponse à cette question importante et complexe.

En effet, la menace des Droufs continuait de peser tant sur le petit Empire Solarien que sur Arkonis dont les forces colossales étaient toujours encore aux prises avec les unités droufs et engagées dans des combats meurtriers qui se déroulaient dans la zone d'interférence entre les deux systèmes. La présence d'une flotte ennemie forte de trois mille vaisseaux, capable de surgir à l'improviste de n'importe quel côté, et à disparaître presque aussi vite qu'elle était venue, était une menace intolérable même pour le Grand Empire. Et cela d'autant moins que la position d'Atlan de Gnozal était encore loin d'être consolidée. Il continuait de gouverner sous le couvert du Régent-robot sans que personne dans toute l'énorme galaxie eût soupçonné le subterfuge.

Connaître le sort des trois mille vaisseaux droufs était donc essentiel pour Perry Rhodan qui devait soutenir, à n'importe quel prix, l'écrasante tâche de son ami et allié, Atlan l'Arkonide qui, en luttant pour la liberté d'Arkonis, combattait en même temps pour celle de l'Empire Solaire.

Tanaka Seiko était un mutant japonais qui avait le don de pouvoir capter des messages radiophoniques. C'est pourquoi il avait été envoyé sur Mars où il devait surveiller les communications par ondes des négociants galactiques. Avant même que les stations radiogoniométriques de l'Empire Solaire aient pu s'en rendre compte, il avait constaté que depuis 14 h 45, heure martienne, les communications sur hyperondes avec Vénus s'étaient brusquement décuplées. Cependant, il ne parvint pas à déchiffrer ne fût-ce qu'une seule de ces communications. C'est que les négociants utilisaient maintenant un système extrêmement compliqué de sténocode non seulement chiffré, mais encore morcelé, si bien qu'il eût fallu tout un appareillage spécial pour en venir à bout. Dix minutes durant, Tanaka Seiko écouta ce charabia apparent, puis, saisi d'une sorte de malaise, il prit la décision de brancher son hypercom portable. Le central du corps des mutants sur Terra répondit immédiatement en la personne du major Shenk. Tanaka Seiko renonça à se nommer et ne mentionna même pas son code d'identification; il se borna à transmettre, en un arkonide châtié, le message suivant : 165 745-LB-876/56.

Si, d'aventure, un indésirable avait pu capter ce nombre compliqué et, peut-être même, trouver qu'il avait l'air de correspondre à quelque chose, il aurait pu consulter l'encyclopédie d'Arkonis et apprendre que ce sigle correspondait à la description d'un soleil géant que les astrophysiciens étudiaient depuis six mille ans dans l'attente de le voir se muer en nova. Cependant, pour Terrania, cette combinaison de chiffres et de lettres était le signal d'alarme du suprême degré !

Presque en même temps, John Marshall, qui dirigeait sur Vénus les interventions de ses mutants, reçut, lui aussi, des nouvelles inquiétantes. En effet, les mutants étaient intrigués du fait que les Marchands semblaient se désintéresser du sort de leurs navires mystérieusement détruits. Il parut évident que, ce faisant, ils obéissaient à une consigne donnée par le patriarche qui, très probablement, mijotait une entreprise d'envergure. Mais laquelle ?

A toutes fins utiles, Marshall communiqua l'ensemble de ces observations à Terrania où son message arriva quelques secondes après l'alarme donnée par Tanaka Seiko.

De son côté, l'Etat-Major de la flotte solarienne avait, lui aussi, appris des faits curieux. Ainsi, par exemple, trente minutes auraient suffi pour que l'ensemble des transiteurs ennemis quittât ses orbites respectives afin d'atterrir soit sur Mars, soit sur Vénus. Rhodan, assisté de Bull, suivait attentivement l'évolution de la situation. Maintenant, il adressa à Cokaze sur Vénus un ultimatum qui fit se dresser les cheveux sur le crâne du rouquin : « Vous avez cinq heures pour quitter sans conditions Mars et Vénus. Toutes les unités solariennes ont l'ordre d'ouvrir le feu de toutes leurs armes dès l'apparition d'un de vos vaisseaux.

D'abord ahuri, puis ravi, Bull se ravisa :

— Perry, n'oublie pas que Thomas est auprès de Cokaze et qu'il connaît toutes tes astuces...

— Tant pis pour Cokaze et sa tribu ! reprit Rhodan sans réagir à l'observation de Bull.

Celui-ci s'émut.

— Tu bluffes, Perry. Tu sais parfaitement que si, d'ici une demi-heure, la flotte de Cokaze nous attaque, nous sommes perdus, définitivement perdus !

Sans répondre, Perry passa à son ami un message sur bande perforée. Bull la saisit avidement et lut. Son visage s'éclaircit progressivement et, finalement, il se tapa les cuisses en riant :

— Perry, il faudrait arroser ça !

Dans le vidéophone, le central annonça un message important.

— Commandant, notre flotte est en contact, à cinq endroits, avec les transiteurs des Passeurs. Trois de leurs unités ont été mises hors de combat, les autres se sont repliées sur Mars et Vénus. De notre côté, nous avons perdu un destroyer de l'escadrille de chasse.

— Merci ! répondit Rhodan, sans autre commentaire et en coupant le contact.

L'état d'âme de Réginald Bull venait de subir un nouveau changement.

— Perry, il y a quelque chose qui cloche dans tes prévisions. Ton fils Thomas n'est certainement pas pour rien dans la réaction de Cokaze à ton ultimatum. Je parie que...

— Ne parie pas, Bully, moi aussi, je suis persuadé que c'est Thomas qui a conseillé à Cokaze de passer à l'attaque.

— Méfie-toi, Perry, Thomas va ficher en l'air toutes tes prévisions !

Une fois de plus, le télécom fit résonner le signal d'urgence. John Marshall manda de Vénus :

— Tous les transiteurs stationnés ici sont prêts à appareiller. Leur départ aura lieu dans trente minutes au plus tard. Fin de la communication.

— Quel optimiste, ce Marshall, observa hargneusement Bull, ils partiront dans vingt minutes, pas plus. Et c'est ton fils Thomas, qui assurément te connaît mieux que moi, qui pousse la tribu Cokaze à faire vite...

C'était vrai ! Cependant, Rhodan ne sembla pas inquiet.

On frappa à la porte. Un groupe de quatre conseillers, spécialistes d'Arkonis, entra. Leurs connaissances dans ce domaine dépassaient encore celles des ordinateurs positroniques de leur temps.

— Soyez bref, messieurs ! demanda Rhodan sans, contre son habitude, les inviter à s'asseoir.

En effet, il ne leur fallut pas beaucoup de temps pour résumer leur opinion qui n'avait rien de bien réjouissant pour le Stellarque. Celui-ci leur avait demandé si la législation d'Arkonis autorisait le Régent-Robot à ordonner à Cokaze et sa famille d'avoir à quitter l'Empire Solarien une fois pour toutes.

Et le conseil des experts répondait par la négative !

— Si l'amiral Atlan ne veut pas courir le risque d'être découvert en sa qualité d'autocrate, il doit se garder d'intervenir auprès de Cokaze, sous peine d'agir contre les lois qui régissent automatiquement les ordinateurs positoniques et, par conséquent, sous peine de se démasquer lui-même.

Bull, debout près d'une fenêtre, avait écouté ce bref exposé en tambourinant sur les vitres. Il se tourna vers Rhodan lorsque les quatre juristes eurent quitté la pièce :

— Je t'ai averti, Perry, tu t'es trop pressé avec ton ultimatum.

Rhodan ne répondit pas, mais il dut s'avouer qu'il s'était lui-même lié les mains et qu'il lui était impossible de gagner du temps. Deux minutes plus tard, arriva de Vénus ce message laconique : « Flotte des Marchands Galactiques sur le point d'appareiller. »

Bull ne put s'empêcher d'observer sur un ton sarcastique :

— Agréable nouvelle, en vérité ! Et notre « balai de fer » ne sera prêt que dans trois heures pour nettoyer ce coin de la Galaxie. Ah, la bonne année 2044, elle nous aura réservé bien des revers !

Le vidéophone se remit à craquer.

— La flotte des sauteurs vient de diffuser un message indéchiffrable tout en s'arrêtant brusquement à une distance de trois mille à cinq mille mètres au-dessus de Vénus.

Avant que Bull pût ouvrir la bouche, le bureau de ses agents sur Mars appela à son tour.

— La flotte de Cokaze, après un départ précipité, vient de s'arrêter à la limite de l'Univers.

Bull et Perry Rhodan se regardèrent, décontenancés. Finalement, Bull articula :

— Si même nos télépathes sur place ne parviennent pas à savoir ce que les Passeurs ont derrière la tête, c'est la fin de tout...

Rhodan renchérit :

— Oublierais-tu que nos gens étaient incapables de trouver l'endroit où se tiennent Cokaze et Thomas après s'être réfugiés sur Vénus ?

— Je ne l'oublie point, répondit Bull curieusement calme, il est à peu près certain qu'ils ne sont pas dans l'espace. Et sur Vénus non plus, sinon ils seraient déjà repérés par nos gens. C'est toi plutôt qui oublies que Thomas est le fils digne de toi. Or, si ton fiston et son compère ne sont ni dans l'espace, ni sur Vénus, c'est qu'ils sont sous l'eau, à quelques milliers de mètres, sans doute, sous l'océan vénusien.

— A supposer que ce soit vrai, cela n'explique toujours pas pourquoi la flotte des sauteurs s'est arrêtée soudainement...

— J'aimerais bien le savoir, moi aussi! avoua Bull, peu rassuré.

Cokaze, les yeux brillants, avait appris l'ultimatum de cinq heures que lui avait donné Perry Rhodan. Il regarda à la ronde et fixa Thomas Cardif qui, seul, osa ouvrir la bouche.

— C'est le moment ou jamais d'attaquer Terrania, Cokaze. Je connais trop bien Rhodan. Cet ultimatum n'est qu'un prétexte pour gagner du temps. Ensuite, il sera trop tard pour vous, je vous le prédis. Il faut agir tout de suite ou jamais!

Thomas Cardif venait de parler d'une voix glaciale où ne perçait nulle passion. Il ne connaissait qu'un seul but : tuer le meurtrier de sa mère ! Mais il ne put deviner la réaction intime des proches de Cokaze.

En effet, jamais autant qu'en cette circonstance, Thomas Cardif n'avait ressemblé à son père, le grand Perry Rhodan. Ils avaient l'impression que le Stellarque, revenu à ses jeunes années, siégeait en personne parmi eux !

— Frères, avez-vous oublié que, jusqu'ici, Rhodan a infligé défaite sur défaite aux Marchands de l'espace, en dépit de la faiblesse de ses moyens ? Il en sera de même cette fois encore ! dit l'un d'entre eux.

Cokaze, les yeux plissés de méfiance, s'adressa à Cardif :

— Cette fois encore, je suivrai ton conseil, Terranien. Mais gare à toi, tu vivras l'enfer jusqu'au dernier de tes instants s'il est vrai que ton père t'a envoyé chez nous comme agent double !

— Pauvre imbécile ! répondit Cardif sous les regards ahuris des Passeurs qui n'en crurent pas leurs oreilles.

Il se leva et déposa devant le patriarche ses deux armes à radiations.

— Me crois-tu maintenant ? Je vous laisse délibérer en mon absence. Pour ma part, je m'en vais interroger les deux Terraniens que nous avons capturés dans le destroyer abattu.

Le robot, en sentinelle devant la cellule des deux prisonniers, s'écarta devant Thomas Cardif qui poussa la porte.

— Oh, commandant ! s'exclama un jeune homme

qui venait de se lever de son bat-flanc et avait cru un instant se trouver en présence de Perry Rhodan !

Mais le second Terranien, sanglé dans l'uniforme de la flotte d'espace, n'eut qu'un sourire de mépris.

— Messieurs..., commença Cardif.

Le jeune homme, qui s'était levé à son entrée, Val Douglas, lui coupa la parole.

— Nous refusons de communiquer avec un déserteur, dit-il sur un ton cinglant, et vous prions de quitter cette pièce.

Cardif resta impassible, tandis que l'autre militaire ajoutait :

— Sortez, vous n'êtes qu'un salaud !

Cardif sursauta sous l'affront et ses yeux rougeâtres jetèrent des flammes.

— Vous deux, vous serez les premiers à exécuter les ordres que vous donnera le Régent sous mon commandement !

— Le Régent ! ricana Val Douglas, le robot est trop heureux d'exister encore. Atlan se saisira de vous comme traître et vous livrera au commandant !

La malice du sort voulut que celui qui venait de parler fût un ancien du commando de cent cinquante hommes qui avait effectué avec Bull, Atlan et Rhodan, le coup de main sur Arkonis III contre le Grand Coordinateur, le Cerveau-robot géant.

Comme son illustre père, Cardif sut se maîtriser et dissimuler son immense surprise.

— Atlan ne saurait agir contre la volonté positonique, déclara-t-il.

88

Mais l'autre, ne comprenant pas qu'il tombait dans un piège, riposta en raillant :

— Ce qu'Atlan est capable de faire ou non, vous le verrez bientôt ! Lorsque nous étions sur Arkonis, il ne fallait qu'un déclic et c'en était fini du « Grand Coordinateur ». Atlan vous traitera comme le déserteur que vous êtes.

Dans la tête de Cardif, les pensées se bousculaient. Sans un mot, il quitta les deux hommes et retourna dans sa cabine.

En attendant, Cokaze, dans le *Cok II* au fond de l'océan, avait lancé l'ordre de départ de ses transiteurs, un ordre qui impliquait la mise en application du plan d'attaque contre Terra, selon lequel le gros de ses forces devait se lancer directement contre Terrania, alors que deux mille transiteurs retiendraient la flotte solarienne loin du front principal.

Les propulseurs énergétiques du *Cok II* étaient en action, car le patriarche s'apprêtait à quitter son repaire sous-marin. Entouré de ses familiers, il se tenait devant l'écran du vidéophone pour suivre les événements, lorsque Thomas Cardif fit irruption dans la pièce.

— Cokaze, criait-il, nous avons gagné ! Le Régent-robot n'est plus au pouvoir, c'est Atlan qui a pris sa place.

— Terranien, es-tu devenu fou ? s'écria Cokaze qui s'était levé et le saisissait aux épaules.

— Interrogez vos deux prisonniers. Le caporal a

fait partie du commando qui a déboulonné le Grand Coordinateur sur Arkonis III !

Instantanément, le patriarche comprit.

— *Contrordre !* cria-t-il dans le micro. Que toutes les unités s'arrêtent immédiatement là où elles sont et attendent d'autres consignes. Passez cet ordre en sténocode haché !

Maîtrisé par deux robots, le caporal Douglas avait reçu une piqûre de sérum de vérité. Amené devant Cokaze et ses familiers, il leur fit un récit détaillé de l'action du commando terranien qui avait abouti à la neutralisation du cerveau positonique central que l'on appelait « Le Régent ». Sous l'effet de la drogue, le récit était long et parfois décousu et souvent Cokaze devait poser des questions pour retrouver le fil des événements.

Toute l'assistance était suspendue aux lèvres du narrateur, au point d'oublier la gravité de l'heure et le temps qui s'écoulait inexorablement.

Finalement, Val Douglas s'écroula de fatigue et se tut. Cokaze appela tout de même le médecin pour le remettre sur pied. Et maintenant seulement, il se rendit compte du temps considérable qu'il avait passé à écouter le Terranien. Il poussa un juron et courut dans la cabine où Cardif, devant l'écran de l'hypercom, guettait les nouvelles.

— Rien de particulier, Cokaze, les transiteurs attendent vos instructions et sont immobiles. Le *Cok II* stationne à une altitude de dix mille mètres au-dessus de...

90

— Laisse tomber, petit morveux ! cria le patriarche apparemment sans motif. Vous, Terraniens, vous êtes de pauvres types qui ne voient que le présent et ne pensent pas au lendemain. Parce que le Régent est mort, ce pauvre Atlan s'imagine pouvoir prendre sa place. Ah, grands dieux, voilà l'heure venue pour les négociants galactiques !

Ce disant, il avait levé les bras au ciel comme s'il allait prononcer une prière. Cardif le regarda sans rien comprendre. Cokaze s'en rendit compte. Il rit aux éclats et, sur un ton triomphal, déclara :

— Petit innocent ! Qui est-ce, ce nommé Atlan ? Je n'ai plus aucun intérêt à me bagarrer avec le ridicule « Empire Solaire » et son Perry Rhodan. Je me retire et tant pis pour un maigre monopole, maintenant que j'ai la chance de pouvoir conquérir Arkonis, avec les miens et nos alliés, les Aras. Ça, c'est un morceau qui vaut le coup...

— Maître ! hurla le haut-parleur, nous enregistrons d'innombrables perturbations structurelles. Une flotte immense surgit des profondeurs de l'espace. Nous avons déjà décompté plus de deux mille unités...

— Oh, ferme-la ! hurla Cokaze plus fort que son radio épouvanté. Transmets à Rhodan mon accord pour accepter son ultimatum et dis-lui que je donne immédiatement l'ordre à mes navires de se replier sur 45 GH 32. Dépêche-toi et ne te trompe pas.

Mais le patriarche s'adressa à Cardif sur un ton impératif en lui demandant de venir avec lui au poste de commande du navire. Tous les officiers étaient réunis autour des détecteurs mostrucs enregistrant les modifications structurelles consécutives à une irruption dans le système. Le *Cok II,* ayant quitté son abri, stationnait désormais à dix kilomètres d'altitude. Par-dessus l'épaule de Cokaze, Thomas Cardif scruta l'écran sur lequel fourmillait une succession de diagrammes. Le compteur-totalisateur, capable de distinguer même des chocs se chevauchant, venait de sauter de 2 185 à 2 318, indiquant ainsi que durant les cinq dernières minutes 2 318 vaisseaux venant de l'espace intergalactique s'étaient introduits dans le système solaire.

— C'est Atlan qui vient au secours de Rhodan ! s'exclama Cardif, plein de colère.

Cokaze reprit d'une voix émue :

— Grands dieux, je vous rends grâce, et à toi aussi, Thomas Cardif. Si tu n'avais pas eu l'idée d'interroger les deux prisonniers de guerre, nous n'aurions appris que trop tard la destitution du Régent. En attaquant Terra, nous serions tombés sur cette flotte et aurions perdu jusqu'au dernier de nos navires. Tu nous as sauvés, Terranien, et tu apprendras que Cokaze et sa famille ne sont pas des ingrats !

Le compteur-totalisateur s'était arrêté au nombre de 2 500. Ainsi, en l'espace de quelques minutes seulement, 2 500 vaisseaux s'étaient portés au secours de la flotte solarienne !

— Fournissez aux deux prisonniers un bateau de sauvetage, et débarquez-les ! ordonna Cokaze.

Dès leur départ, le *Cok II* accéléra l'allure et, à la tête de quatre mille transiteurs, quitta l'espace solaire en route pour 45 GH 32. Or, 45 GH 32 était un code que l'on ne parvint pas à décrypter...

Une heure quarante-huit minutes avant l'expiration de l'ultimatum, l'espace interstellaire à proximité du système solaire fut secoué d'énormes ondes de chocs, consécutives au passage de Cokaze et de sa flotte. De leur côté, cent mille hommes, parfaitement entraînés, qui avaient quitté Terra à bord du *Titan* et des cinq transports de troupe, étaient de retour, accompagnés d'un millier de croiseurs flambant neufs d'Arkonis et escortés de 1 500 navires-robots.

C'était le maximum de secours qu'Atlan était en mesure de mettre à la disposition de Terra. Et c'était un maximum d'habileté grâce auquel cent mille Terraniens avaient pu prendre en charge ces navires et les ramener au cours d'une hypertransition de routine et sans incidents notables.

Leur apparition donnait à croire que le vieux Cokaze avait abandonné le jeu. Mais Rhodan et Réginald Bull n'oubliaient pas que le patriarche avait arrêté son armada bien avant l'arrivée de la flotte de secours.

— Tu diras ce que tu voudras, Perry, mais je ne pourrai respirer que lorsque l'année 2044 aura pris fin. Elle nous réserve encore des surprises désagréables, je le sens. Tu sais, chaque fois que mon pouce me démanqe, c'est mauvais signe, et je n'arrête pas de le gratter !

— Oh, vieux Bull, au nom de notre vieille amitié, fiche-moi la maix avec ton malheureux pouce !

DEUXIÈME PARTIE

CHAPITRE PREMIER

Frank Lemmon n'était nullement obligé de lire son journal aux heures de service. Mais il le faisait quand même. Quand il avait terminé la rubrique politique et pris connaissance de la conjoncture économique, il se sentait fatigué et cédait à son penchant naturel, la paresse.

Originaire de la ville de Klondine en Amérique du Nord, Frank Lemmon était arrivé, trois ans plus tôt à Terrania où il avait passé brillamment des tests spéciaux, après quoi, six mois plus tard, il avait été nommé chef du Service F-1 au D.S.T. (Département de Sécurité Territoriale) solarien. Il y était chargé de l'étude politique sur Terra. Sur son bureau s'accumulaient toutes les nouvelles qui s'y rapportaient peu ou prou. Pour tirer des conclusions de cet amas d'informations hétéroclites, Frank Lemmon avait recours à un système bien à lui : il n'utilisait jamais un ordinateur. Il préférait se fier à son flair particulier. En effet, sa fiche personnelle mentionnait « Faculté paranormale, impossible à classer dans

97

un ordre donné. Esprit déductif combiné avec le don de déceler l'importance de détails apparemment négligeables ».

La paresse invincible de Frank Lemmon était aussi connue que son don de limier exceptionnel. Heureusement pour lui, le maréchal Allan D. Mercant, chef du D.S.T. solarien, avait pour habitude de mettre en balance les qualités et les défauts de ses collaborateurs ; il ne fit jamais le moindre reproche à son chef de service dont il appréciait par-dessus tout la faculté de reconnaître au premier coup d'œil la valeur d'une information d'apparence souvent anodine.

Frank Lemmon, un garçon dégingandé de vingt-quatre ans, était en train de déguster un café brûlant lorsque l'écran s'illumina et lui apporta des nouvelles d'un peu partout, de Washington, de Pékin, de Lahore.

— Ah, Seigneur ! gémit-il, le gars de Lahore me raconte tout un roman.

L'écran redevenu terne, il saisit de nouveau le *Courrier de Terrania* pour reprendre la lecture du feuilleton *Ghanu, miroir d'une âme* lorsqu'il eut un tel sursaut qu'il enleva même ses pieds de son bureau.

« Zut, Rabindranah ! ce nom me dit quelque chose... Où l'ai-je déjà trouvé ? Ne serait-ce pas l'Hindou qui a pondu des révélations sur le propulseur linéaire des Droufs ? Et qui n'étaient qu'un canular monstre qui a ridiculisé tout le D.S.T. »

Lemmon appuya sur le bouton de son vidéo-phone :

— Manners, apportez-moi tout ce que nous savons de ce bluffeur de Lahore. Ça urge !

Chaque fois que Lemmon ajoutait « ça urge », l'affaire était vraiment urgente. Ainsi, quelques minutes plus tard, Manners lui apporta-t-il tout un dossier de pièces photocopiées.

— C'est tout ce que nous avons à son sujet ?

— C'est tout, monsieur ; pour plus de certitude, j'ai également consulté les documents des archives centrales, répondit Manners.

Resté seul, Lemmon se mit à la lecture des documents chiffrés. Il en sortit trois pièces et, quittant son bureau, indiqua au planton qu'il se rendait à une conférence avec le maréchal Mercant.

L'Etat-Major du D.S.T. était établi dans une tour administrative à 18 kilomètres du centre. C'était une véritable ruche où quelques milliers d'employés suffisaient à peine aux multiples tâches qui leur étaient assignées. Parmi eux, Frank Lemmon, avec sa notion élastique des horaires officiels, était une exception, mais exceptionnels aussi étaient les services qu'il pouvait rendre. Il demandait audience au maréchal Mercant.

Au bout de trente minutes d'attente, il trouva le temps long et demanda à la secrétaire de transmettre au patron qu'il s'agissait du « propulseur HL. » Il savait Mercant en conférence avec Perry Rhodan et avait, à l'instant même, inventé cette abréviation à la fois pour respecter la consigne du secret d'Etat et pour aiguiser la curiosité de ses supérieurs.

— Est-ce vraiment si urgent que cela ? avait demandé la petite secrétaire, sachant que tous les visiteurs prétextaient, par principe, l'importance de leur propos.

— Dites, je vous prie, que c'est moi qui considère l'information comme très importante, et précisez bien qu'il s'agit d'un « HL », insista Lemmon.

Une minute plus tard, il entendait la voix de Mercant :

— De quoi s'agit-il ? Du propulseur HL ? Frank Lemmon ? Bon, faites entrer.

Mercant et Perry Rhodan étaient seuls dans le salon, assis autour d'une table basse. D'un geste, le maréchal invita Lemmon à s'asseoir et à parler.

Sous le regard attentif du Stellarque, il évoqua le personnage de Rabindranah qui, on ne savait pas comment, avait eu vent du mystérieux propulseur linéaire des Droufs et publié dans la revue *Ars Stellaris* cet exposé pseudo-scientifique qui avait ridiculé le D.S.T. pour l'avoir pris au sérieux.

— ... Et parmi le roman-fleuve que m'a câblé mon correspondant de Lahore, il y a juste une heure, se trouve une information qui m'a fait dresser l'oreille. Il paraît que l'étudiant de Lahore serait en pourparlers avec la Compagnie G.H.C. pour devenir collaborateur scientifique. Si cela était, il vaudrait mieux, je pense, appeler cet homme au service du D.S.T.

Ni le maréchal ni le Stellarque ne répondirent

immédiatement. Perry Rhodan se cala dans son fauteuil, ses yeux gris braqués sur son interlocuteur. Mercant avait pris les trois documents et les étudiait en silence. Finalement, Rhodan demanda :

— Comment l'idée vous est-elle venue de nous proposer l'engagement de ce Rabindranah ?

— Par un raisonnement logique, commandant.

— Et vous-même, questionna Rhodan, que savez-vous de l'hyperpropulseur linéaire des Droufs ?

— Autant dire rien, commandant. On dit que les Droufs possèdent un propulseur capable d'une vitesse supérieure à celle de la lumière que l'on peut atteindre même à l'intérieur de notre espace quadri-dimensionnel. Mais j'ignore si cela est vrai.

— Ça l'est, Lemmon, dit Rhodan ; qui vous a procuré ces informations ?

Sans réfléchir, Lemmon répondit :

— L'équipe qui étudie le propulseur 065. Une semaine durant nous avons collaboré pour éclaircir le cas de Rabindranah.

— Merci, Lemmon !

Rhodan jeta un regard interrogateur à Mercant qui comprit que c'était à lui de parler.

— Je pense, commandant, que dans la situation actuelle, nous ne devrions négliger aucune chance...

— Bon, acquiesça Rhodan, faites le nécessaire.

— Nous sommes mieux renseignés sur Rabindranah qu'il ne le pense, dit Mercant. Nous savons qu'il a été en contact avec des intelligences extrasolaires. Ses connaissances en matière de physique et mathématiques rappellent celles d'Arkonis, et s'expliquent d'autant plus mal que c'est à l'âge de quinze ans seulement qu'il a appris à lire et à écrire.

— Et cet étudiant ne serait ni arkonide, ni ara, ni ekhonide ?

— C'est tout à fait exclu, commandant. Rabindranah est terrarien et spécialiste hors catégorie en physique et mathématiques supérieures.

— Il est rare d'entendre de telles appréciations de votre bouche, Mercant ! Faites venir l'homme, mettez-le au travail mais surveillez-le discrètement. Quant à vous, Lemmon, je vous remercie, d'ores et déjà, vous avez fait du « bon boulot ».

Et Rhodan se leva en tendant la main à Lemmon qui bredouilla :

— Mais ce n'était rien de particulier, commandant !

— Certes, approuva Rhodan en riant, quelqu'un qui comme vous aime le sommeil, peut ne pas se rendre compte que des forces disponibles cherchent à s'employer. Avez-vous bien dormi aujourd'hui aussi ?

Rhodan venait de quitter le salon et Mercant riait encore de son gros rire. Frank Lemmon était gêné et prit une fois de plus la vaine résolution de s'amender.

En effet, le jour de l'arrivée de Rabindranah à Terrania où il devait poursuivre des travaux spéciaux, Lemmon entra dans son bureau à 11 heures seulement parce que, à son réveil, il avait eu le

102

pressentiment que la journée n'apporterait rien de particulier, et il ne s'était pas trompé.

En revanche, Perry Rhodan reçut une nouvelle qui le toucha au plus profond de lui-même. Un message sur hyperondes lui apprit que Thomas Cardif, son fils, déserteur de la flotte solarienne et son ennemi le plus acharné, vivait sur la planète Archtez dans le système Rusuma, distant de 44 années-lumière d'Arkonis, et qu'il venait de révéler à la Galaxie entière la destitution du Régent-robot sur Arkonis III et la prise de pouvoir par l'amiral Atlan qui exerçait le gouvernement sous le couvert d'un Régent désormais inexistant !

CHAPITRE II

Un cataclysme galactique était prévisible !

Arkonis, depuis dix mille ans le « Grand Empire », centré sur la nébuleuse M-13, était menacé d'éclater en une multitude d'Etats, du fait d'un officier déserteur terranien.

Atlan, le puissant, seul sous l'immense coupole du gigantesque cerveau positonique, était dès à présent désarmé et plus faible que Perry Rhodan, car les menaces qui pesaient maintenant sur l'existence même d'Arkonis étaient incomparablement plus graves que celles affrontées par l'Empire Solaire.

Sur une distance de 34 000 A.-L., Atlan appela son ami Rhodan :

— Barbare, j'ai besoin de toi et de ton prestige ! Qui connaît encore Atlan et se rappelle le rôle qu'il a joué il y a dix mille ans ? Qui connaît encore la dynastie des Gnozals pourtant prestigieuse ?

Rhodan avait du mal à dissimuler son propre désarroi.

— Laisse-moi le temps nécessaire pour me familiariser avec cette situation nouvelle. Rappelle-moi d'ici huit heures terraniennes, demanda-t-il.

— Tu veux un délai de huit heures ? Mais sais-tu ce qui peut arriver durant ce temps ?

La surprise était grande pour Rhodan. Etait-il possible qu'Atlan, l'immortel, vivant en dehors du temps, fût saisi de panique ? Que se passait-il dans l'esprit de son ami ?

— Perry, continua Atlan, j'ai du mal à admettre que l'autocrate d'Arkonis est en réalité plus faible que le Stellarque de Sol, et qu'à l'âge de dix mille ans je ne suis que ton cadet en ce qui concerne ton expérience d'homme d'Etat.

Rhodan et Réginald Bull se regardèrent en silence. Cette confidence inattendue les touchait profondément. Rhodan fut le premier à parler.

— Bully, il me faut d'ici une demi-heure tout ce que nous savons du système Rusuma en général, et de la cinquième planète. Archetz, en particulier ; fais le nécessaire en ce sens. Et toi, occupe-toi de faire venir l'équipe qui étudie le propulseur 065.

— Perry, osa observer Bull, n'aurait-il pas fallu envoyer un dc nos agents pour suivre la flotte des Passeurs qui s'est retirée si précipitamment ?

— Tu tournes autour du pot, mon ami, dit Rhodan en le fixant de ses yeux gris, pourquoi ne pas prononcer le nom de Thomas Cardif ? Est-ce qu'un de nos agents pourrait apprendre autre chose que ce que la Galaxie entière sait déjà ? En levant le secret de la prise de pouvoir par Atlan, notre homme du destroyer abattu a créé une situation explosive que nous devons regarder en face sous peine de voir la Galaxie en flammes dans un an au plus tard. Cardif et Cokaze sont sur Archetz. C'est pourquoi je voudrais savoir ce qui s'y passe. Quant au propulseur 065, j'aimerais que soit dépassé le stade d'études théoriques... et dans un avenir aussi proche que possible !

— Nous sommes le 1er juillet 2044, constata Bull apparemment plein d'allant, c'est dire que la première moitié de cette maudite année vient de s'écouler sans trop de mal. Espérons qu'avec un peu de chance, la seconde moitié ne sera pas pire que la première.

Mais Rhodan ne se laissa pas tromper par cette affirmation un peu optimiste. Il savait son ami aussi préoccupé que lui-même de la conjoncture dangereuse. Bull, après avoir fait le nécessaire pour procurer au Stellarque tous les documents relatifs au système Rusuma, se rendait maintenant au département de recherches N° 18, siège de ce qu'il appelait le « double mixte », l'équipe d'environ trente chercheurs, formée moitié d'ingénieurs et moitié de théoriciens.

Son entrée passa presque inaperçue. Il avisa un Hindou qui s'exprimait en gesticulant des mains et des pieds.

— Bradley, qui est ce type là-bas ? demanda Bull.

— C'est un nouveau, un certain Rabindranah, répondit le professeur Bradley, visiblement agacé.

C'est un type impossible qui essaie d'imposer à tout prix ses idées personnelles.

— Mais non, vous faites erreur, mon cher ! s'écria l'Hindou après s'être incliné profondément et les deux mains croisées sur la poitrine. Le système temps-espace n'est ébranlé que dans une seule constante par l'hyperpropulsion linéaire, dès que le navire stellaire ainsi équipé atteint la vitesse de la lumière. C'est le contraire de ce qui se passe lorsque vous effectuez un bond par hypertransition qui, au moment de quitter l'espace normal, ou d'y entrer, provoque une modification structurelle qui affecte toutes les constantes au point de les fausser. Dès que la vitesse de la lumière est dépassée, grâce à la propulsion linéaire et tant que cette vitesse est maintenue, une seule constante est modifiée. Comment expliqueriez-vous autrement toutes les erreurs, elles aussi constantes, qui affectent nos mesures de tension spatiale ?

Réginald Bull ne saisit pour ainsi dire rien de ce charabia scientifique et ne fit aucun effort pour le comprendre, il faut bien l'avouer. Mais il eut l'impression que le jeune Hindou expliquait en peu de mots un problème assez ardu. Trois scientifiques opposaient maintenant leurs arguments à ceux de l'Hindou qui, cependant, restait impassible. Bull entendit vaguement parler de mesures effectuées sur Hadès, saisit au vol le nom d'Ernest Ellert qui aurait donné des informations intéressantes à partir de la station terranienne établie au cœur du système

107

drouf. Et le jeune homme prétendait connaître par cœur les coefficients valables chez les Droufs et les informations transmises par Ellert ! Il en fournit d'ailleurs la preuve...

Suffisamment édifié, Bull quitta le laboratoire et retourna chez Rhodan qui n'aimait pas être dérangé.

— Qu'y a-t-il ? Dans une heure, j'ai trois conférences, dit-il avec irritation.

— Tant pis ! s'exclama Bull. Ecoute-moi, je t'en prie.

Et il donna le détail de ce qu'il venait de voir et d'entendre.

— Est-ce que ce soi-disant Hindou ne serait pas en réalité arkonide ou membre de la tribu de Cokaze ?

— Je me suis posé la question, répondit Rhodan, j'ai consulté Mercant qui m'a répondu par la négative.

— Bon, en ce cas, mets le mulot dans le circuit pour y voir clair.

— Le mulot n'est pas infaillible. Rappelle-toi le basset arkonidien qui était agent secret et qui nous a tous menés par le bout du nez, y compris le mulot...

— Mais ce garçon n'est pas hindou, je te l'assure. Il se met toute l'équipe du 065 sur le dos. Même le professeur Bradley ne peut rien en tirer ! Qui appelles-tu, Perry ?

Bull avait remarqué que Rhodan, tout en l'écoutant, avait enfoncé un bouton, mais n'avait pu voir lequel.

— N'importe, répondit Rhodan. Tu viens de parler de Bradley. Si ce que l'on me raconte à son sujet est juste, il faudra l'envoyer en congé pour au moins six mois. Il a essayé en vain de développer un détecteur pour les secousses provenant des propulseurs hyperlinéaires. Il est au bout de son rouleau...

La porte s'ouvrit sur John Marshall, chef des mutants.

— Commandant, vous m'avez...

— Entrez, Marshall, et patientez quelques instants. Bull et moi, nous avons presque terminé.

Rhodan se tourna de nouveau vers son second.

— Ce jeune Hindou qui vient de passer son examen il y a tout juste une semaine doit être un mutant dans le domaine de la physique appliquée. N'est-ce pas lui qui nous a eus avec son canular ?

D'un mouvement brusque, Bull se tourna vers Marshall. Il sentait quelque chose d'anormal. Il vit Marshall se lever.

— C'est cela, commandant.

Et Perry Rhodan d'approuver d'un signe de tête.

Bull s'affola, il refusait de croire à ce qui lui semblait l'évidence même.

Entre-temps, Rhodan avait pris contact avec le chef du D.S.T.

— Mercant, détachez quatre ou cinq de vos meilleurs hommes au département 065. Il s'y trouve un télépathe d'une force peu commune. Vos hommes rencontreront là-bas, Kitaï Ishibashi, un mutant, qui dirigera leur action.

— Perry, tu ne veux tout de même pas dire que... ? bredouilla Bull.

— Si, mon ami !

Et Marshall, qui venait de rejoindre le Stellarque, compléta la phrase inachevée :

— Il n'y a pas de doute, monsieur, que vous êtes sous l'emprise d'un blocage tellement puissant qu'il m'interdit d'intervenir auprès de vous.

Bull ne voulut pas s'avouer vaincu.

— Marshall, répétez ce que vous venez de dire. Où voulez-vous que la chose me soit arrivée ? Au département 065 ? En ce cas, ce serait ce drôle d'Hindou qui ne pourrait être qu'un agent secret de l'ennemi.

La voix impersonnelle de l'intercom l'interrompit :

— L'action vient de commencer, commandant !

Rhodan remercia brièvement. Mais Bull, irrité, s'adressa de nouveau au chef des mutants :

— Que se passe-t-il ? Est-ce que je suis toujours sous le coup d'un télépathe ?

— Je ne pense pas, monsieur. Mais vous êtes victime d'un blocage qui ne me permet pas d'intervenir auprès...

— Qu'est-ce que cela signifie, blocage, intervenir, etc. ?

— Je veux dire qu'il m'est impossible de lire vos pensées dès que vous parlez de Rabindranah ou...

— Ah, ce maudit garçon aux yeux de biche ! Alors

110

que faire pour me libérer de ce « blocage » ? Dis, Perry, as-tu eu l'impression que j'étais manœuvré ?

— Pas précisément, expliqua Rhodan. J'étais intrigué parce que, en général, tu sympathises plutôt avec des types qui ont l'esprit de contradiction, alors que tu n'as pas cessé de démolir Rabindranah. C'est moins tes paroles que le son de ta voix qui m'a mis sur la piste, c'est pourquoi j'ai appelé par télépathie John Marshall avec l'idée de te faire tester par lui.

Bull était fou de colère en songeant qu'il avait pu être le jouet d'un télépathe ennemi. Rhodan le calma et continua :

— J'aimerais bien savoir qui a pu introduire parmi nous ce télépathe. Ce qui m'ennuie particulièrement, c'est que cet incident se produit maintenant où j'ai mille choses en tête. Et le temps file... Les huit heures que j'ai données à Atlan seront bientôt terminées et il va me rappeler.

— J'ai toujours dit, gémit Bull, que l'année 2044 était maudite. Maintenant, Atlan a le bec dans l'eau et nous demande de l'aider avec les quelques croiseurs d'espace qui sont à notre disposition. Et à cela s'ajoute la présence des trois mille transiteurs de Cokaze qui se promènent quelque part dans l'espace et peuvent nous tomber dessus à l'improviste, comme dernièrement. Avec cette différence que cette fois-ci il n'y aura pas la flotte d'Arkonis ni celle de Cokaze pour nous tirer de là.

Rhodan ne répondit rien. Mais il était profondément inquiet. D'abord en raison de la situation de son Atlan. Ensuite parce que l'aventure survenue à Bull démontrait la vulnérabilité de Sol, même de l'intérieur et en dépit de toutes les mesures préventives.

Une heure n'était pas encore passée quand Mercant se manifesta :

— Commandant, le mutant Ishibashi a démasqué le technicien Elvis Artun comme hypnotiseur. Elvis Artun était au service de la compagnie G.H.C. avant de venir chez nous, peu de temps après l'invasion des Droufs.

Rhodan nota la contradiction entre les dires de Mercant et l'avis de John Marshall.

— Je vous pose une question, Mercant. Cet Elvis Artun, est-il hypnotiseur ou télépathe ? Car s'il est hypnotiseur, il nous reste à découvrir le télépathe qui agit au sein de notre équipe 065. Mercant, remettez Ishibashi dans le coup, et faites vite ; le temps presse !

Réginald Bull n'osa pas intervenir. Il observa Rhodan et Marchall qui échangeaient des regards insistants, signe de leur communication muette. Enfin, Marshall dit :

— Commandant, je viens de contacter le mulot. L'Emir est en train de joindre le labo 065.

Au même moment le microcom réagit au bracelet de Rhodan.

— Perry, raconta le mulot, je viens de dépister deux types au 065. Par mesure de précaution je les ai collés au plafond. Permets-tu qu'ils y restent jusqu'à ce que les hommes de Mercant viennent les y cueillir ?

La nonchalance et la manie du mulot de tutoyer tout le monde, y compris le Stellarque, étaient bien connues. Néanmoins, sa dernière question avait quelque chose d'inhabituel.

— L'Emir, ne fais-tu pas une bêtise ? demanda Rhodan. Qui sont ces deux hommes ?

— Ils s'appellent Tom Sharkey et Pierre Rochard. Ils sont en train de me maudire, comme ils maudissent aussi la compagnie G.H.C. au Cap et plus spécialement le troisième directeur, un certain Horace Edwards... Mais... mais...

Il était inhabituel d'entendre bégayer le mulot. Maintenant, on n'entendait plus que sa respiration haletante dans le microcom.

— Que se passe-t-il au 065, L'Emir ? interrogea Rhodan.

— Oh, Perry, souffla le mulot, il y a quelque chose qui ne tourne pas rond avec Sharkey et Rochard. Ce ne sont pas de vrais télépathes. Le tracé de leurs ondes cérébrales est spécial... Attends, Perry..., à plus tard...

— Eh bien, que lui arrive-t-il ? s'exclama Rhodan tout étonné. Marshall, avez-vous entendu le son de sa voix ?

Marshall avait non seulement écouté, mais aussi maintenu le contact télépathique avec le mulot.

— L'Emir a dû recourir à ses dernières ressources pour parer l'influence des deux agents, expliqua-t-il.

L'air dans la pièce se mit à vibrer et, une seconde plus tard, il s'en dégagea la personne du mulot qui avait franchi en téléportation la distance entre le labo 065 et le cabinet de travail de Rhodan.

— Ils en ont pour leur compte, les deux loustics ! déclara-t-il fièrement. Mais qu'est-ce qu'ils ont fait de toi, mon pauvre rouquin ?

— Laisse Bull tranquille, intervint Rhodan, il est sous influence télépathique. Dis-moi plutôt ce que tu as fabriqué...

— ... Beaucoup, commandant ! D'abord, j'ai appris tout ce que savent Sharkey et Rochard eux-mêmes, et cela suffit pour mettre sens dessus dessous toute la Compagnie G.H.C. où est intallé un télécom de Cokaze. Par ailleurs, j'ai envoyé un agent dans l'appartement privé de Rochard.

— Pour quoi faire ?

— Pour ramasser trois ampoules d'un produit toxique ara qui doit s'y trouver. J'ignore à quoi cela sert, mais Rochard y a pensé un instant en ayant peur qu'on puisse les trouver...

Rhodan se pencha plein d'intérêt vers le mulot.

— Un toxique ara, as-tu dit ?

— J'ai dit Compagnie G.H.C., télécom des sauteurs, et toxique ara ; Sharkey et Rochard ne sont pas des télépathes, mais sont sous le coup d'une drogue. Et je parie que cet Elvis Artun n'est pas un vrai hypnotiseur. Le dessin de leurs ondes cérébrales n'est pas normal. Dis, John (le mulot s'était tourné vers Marshall), as-tu jamais vu un dessin où la filière

114

suggestive est à peine ébauchée alors que, en même temps, l'influx suggestif est d'une telle puissance ?

C'était un charabia que seuls comprenaient des télépathes ; toutefois, Marshall se montra incrédule. Le mulot en était ravi.

— Au labo 065, poursuivit-il, j'ai dû avoir l'air aussi bête que toi en ce moment, lorsque j'ai fait cette découverte. Et puis, les deux lascars voulaient me coincer dans une tenaille télépathique... Et là, Perry, je ne pus faire autrement... mais si tu voulais appeler Mercant, tu pourrais lui dire que ce n'est pas la peine d'envoyer les médecins avant 3 heures. D'ici là, Sharkey et Rochard ne se réveilleront sûrement pas du sommeil hypnotique dans lequel je les ai plongés.

— Merci, lieutenant ! dit Rhodan machinalement.

L'Emir sursauta comme chaque fois que le Stellarque lui parlait sur un ton officiel. Mais Rhodan continua en réprimant un petit sourire :

— Je te remercie, mais j'ai encore un travail urgent pour toi, mon ami. J'aimerais que tu te transportes sur-le-champ dans l'appartement de Rochard et que tu reviennes avec les trois ampoules ara.

— D'accord, Perry ! pépia le mulot, et au moment même il disparut dans l'air vibrant.

Bull respira lourdement.

— Dites, Marshall, le blocage opère-t-il sur l'ensemble de mes facultés intellectuelles ?

— Non, monsieur, il n'a falsifié que votre aventure au labo 065.

— Bon, c'est toujours ça. Perry, j'aimerais bien voir Frank Lemmon, le chef du Service F-1, j'ai quelques questions à lui poser.

— Tu ne voudrais pas auparavant subir un traitement pour te débarrasser de ton blocage ? demanda Rhodan assez surpris.

— Dès que j'en aurai le temps, répondit Bull ; en attendant, il me suffira d'éviter la présence de l'Hindou qui pourrait bien me prendre pour un imbécile.

Et Bull partit.

Rhodan et Marshall étaient seuls. En attendant le retour du mulot, le Stellarque appela Allan D. Mercant pour l'informer des derniers événements. Sur l'écran du vidéophone, le visage du chef du D.S.T. était impassible. Il y avait bien longtemps qu'il ne s'étonnait plus de rien.

— Bien, commandant, répondit-il militairement, je ferai immédiatement le nécessaire.

— Encore quelque chose, Mercant. La brigade des mutants va participer à la fouille de la Compagnie G.H.C. au Cap. Organisez-vous en conséquence.

— Bien, commandant !

Rhodan consultait sa montre. Dans trois heures, Atlan devait le rappeler, et il n'avait pas encore trouvé le temps de réfléchir sur la nouvelle situation que son ami du Grand Empire devait affronter.

— Marshall, dit-il soudainement, comprenez-vous mon fils ?

Marshall, embarrassé, prit une cigarette, l'alluma et aspira profondément la fumée, avant de répondre :

— Oui, commandant, je le comprends, mais je ne l'approuve pas...

— La question n'est pas là, John. Je voudrais savoir en quoi l'action de Thomas vous paraît compréhensible. Mais je ne vous oblige pas à me répondre...

Marshall respira plusieurs fois avant de prendre la parole. Enfin, il se cala dans son fauteuil et dit :

— Votre fils n'a, pour ainsi dire, pas eu de parents. En apprenant qui étaient ses père et mère, c'est-à-dire le Stellarque et son épouse Thora, l'Arkonide, il a subi un choc auquel il n'était nullement préparé, senti tout le poids d'une telle ascendance, et tout le risque que comportait l'union de son père avec une Arkonide. Dois-je continuer, commandant ?

Rhodan, très las, fit un geste affirmatif. Et Marshall continua :

— Thomas Cardif n'a eu d'affection que pour sa mère. Mais il la voyait si rarement ! Son service l'en tenait constamment éloigné et il est probable que le mot « devoir » était pour lui synonyme de malédiction. Il ne se sentait ni terranien ni arkonide. Et je crois que c'est cela qu'il faut savoir pour le juger. Lorsqu'il apprit enfin ce que c'est que l'amour maternel, Thora, sa mère, était mourante et devait le laisser seul. La haine et l'amour ne sont-ils pas proches parents ? Lorsque, sur la tombe de votre épouse, vous lui avez tendu la main, il l'a refusée. A sa place, j'en aurais fait autant.

— John ! s'exclama Rhodan, douloureusement surpris.

— Oui, commandant, à sa place je n'aurais pas accepté votre main. Et puis, il y eut cette affreuse calomnie selon laquelle vous auriez voulu la mort de votre femme en l'envoyant à Arkonis contre l'avis de ses médecins. Ici, à Terrania, personne n'était dupe. Mais qu'a-t-il dû se passer dans l'esprit de Thomas Cardif en apprenant cette nouvelle ? Pour moi, Thomas n'est ni un salaud qui a rompu son serment ni un vulgaire traître. Je ne sais qu'une chose, c'est qu'il est malheureux et qu'il va périr s'il n'arrive pas à se ressaisir...

— Oublierez-vous, John, qu'il a trahi aussi Atlan ? demanda Rhodan, glacial.

— Si je voulais la mort de mon père pour venger le meurtre de ma mère, je ne reculerais devant rien. Ce n'est pas une question de justice ou d'injustice. En pareil cas, on ne réfléchit point...

— Mais on a le devoir de réfléchir à ce que l'on fait !

— Oh, le devoir, le devoir, commandant. Il faut de la force pour remplir son devoir. Et la force vous vient de l'amour que vous portent les parents. Thomas Cardif n'a-t-il pas été fidèle à son devoir jusqu'au moment où il a appris qui étaient ses parents véritables ? Oh, pardon, commandant, je n'aurais pas dû dire cela ; oubliez-le, je vous en prie...

Marshall résista à la tentation de lire dans l'esprit de Rhodan. Mais ce dernier, perdu dans ses pensées, se taisait. L'entrée du mulot, qui avait accompli sa mission, rompit le silence. Ses grands yeux faisaient la navette entre Marshall et le Stellarque. Il comprit qu'il ne fallait pas poser de questions et se borna à faire simplement son rapport.

— Voici les trois ampoules, Perry, dit-il, mais je ne viens pas directement de chez Rochard. J'ai consulté nos médecins. Trois d'entre eux connaissent ce produit par ouï-dire. Ils disent qu'il s'agit d'un sédatif, et c'est justement ce que j'ai trouvé inquiétant. Alors j'ai consulté le cerveau positonique : il n'en savait rien. Puis j'ai pensé aux Swoons, nos amis cumcumbriformes et ceux-là, patron, en connaissent un bout sur la médecine ara ! Sais-tu ce que tu as dans ta main ? C'est de l'*ogualas !* C'est un mot ara qui ne me dit rien, mais les Swoons en ont le frisson...

— Dis, L'Emir, tu ne pourrais pas être un peu plus bref ?

Marshall avait suggéré au mulot d'être prolixe et ce dernier avait cru comprendre que Marshall désirait gagner du temps. Aussi reprit-il :

— Patron, les Swoons...

Le regard du Stellarque se fit dur.

— Lieutenant, au fait !

— Commandant, le contenu de ces ampoules est mortel pour les hommes de la race des Arkonides. Les Aras eux-mêmes ignorent pourquoi. Mais ils ont découvert que les animaux supérieurs et par conséquent aussi les Terraniens acquièrent la faculté de téléhypnose en l'absorbant.

— S'il en est ainsi, dit Rhodan, il y aura peut-être quelque chance de trouver chez Elvis Artun une mixture qui, injectée à un homme, le fait hypnotiseur... Tu ne voudrais pas y jeter un coup d'œil, L'Emir ?

— Tout de suite, patron !

Une fois de plus, le mulot avait disparu.

Resté seul avec Marshall, Rhodan lui posa une question :

— Croyez-vous que Thomas a une chance de s'en tirer ?

Marshall hésita longtemps avant de répondre :

— Si Thomas n'était pas le fils de Perry Rhodan, je dirais oui.

— Mais, John, c'est lui qui me hait. Moi, je n'ai rien contre lui !

— Je le sais, commandant, mais vous êtes dur et il faut bien que vous le soyez pour remplir votre tâche. Mais c'est tragique pour vous, et tragique aussi pour votre fils Thomas.

La porte se referma doucement sur Marshall. Et Perry Rhodan resta seul avec son destin...

CHAPITRE III

Le vieux Cokaze, patriarche d'une tribu de Marchands Galactiques, était devenu homme politique malgré lui, car il ne pensait qu'à s'enrichir et à augmenter la puissance de sa famille.

Détenteur du plus grand secret d'Arkonis depuis son existence, il s'était rendu à Archetz, la cinquième planète du système Rusuma, où sa flotte de mille transiteurs occupait presque un tiers de l'astroport de Titon, la capitale du monde des Francs-Passeurs.

Distant de quarante-quatre A.-L. seulement d'Arkonis, ce système était situé au centre de la nébuleuse M-13, elle-même au cœur d'Arkonis, du Grand Empire.

Depuis plusieurs milliers d'années, l'inimitié gagnait entre les Arkonides d'une part et les Marchands d'autre part. Il y avait plusieurs raisons à cet antagonisme. Ainsi, le procès de la dégénérescence s'accentuait chez les Arkonides qui, par ailleurs, ne parlaient que leur propre langue. De leur côté, les

Passeurs ne parlaient guère que la langue intergalactique et presque plus l'arkonide. Du reste, il était fréquent qu'un Passeur naisse et meure sur un navire interstellaire, sans avoir mis le pied sur Arkonis. Ils étaient les nomades de l'espace, alors que les Arkonides n'affectionnaient que la vie sédentaire.

En des temps immémoriaux, la planète Archetz avait été le berceau et le tremplin des tribus commerçantes qui ne l'oubliaient pas. Avec une pesanteur de 1,19, dotée d'une atmosphère semblable à celle de la Terre, d'un diamètre supérieur de mille kilomètres à celui de Terra, Archetz était baignée de la lumière jaune du soleil Rusuma. Dans l'ensemble, elle était comparable à la planète de guerre Arkonis III.

Sur Archetz n'existait plus aucune agglomération en surface. Même la capitale, Titon, avec sa population de douze millions d'habitants, était construite à trois mille mètres de profondeur, au centre d'un réseau de communications qui permettait de joindre n'importe quel point de la planète en trente minutes au maximum.

La surface de ce globe n'était qu'un seul centre industriel, en apparence du moins, car les quatre cinquièmes de l'industrie lourde étaient également placés sous terre, et les usines les plus modernes se trouvaient à onze mille mètres de profondeur. Archetz était le point de ralliement des cent mille navires transiteurs qui, le cas échéant, faisaient l'impossible pour le regagner et y subir des réparations.

Tout ce qu'Arkonis avait pu inventer, au cours des dernières dix mille années, en matière de navigation spatiale, s'était retrouvé peu après en possession des Marchands. Leur code moral, assez particulier, était fondé sur des principes commerciaux durs et rigides. Pourtant, les Passeurs étaient aussi des missionnaires culturels malgré eux puisque, en ouvrant de nouveaux débouchés commerciaux sur des planètes éloignées, parfois encore inconnues, ils y introduisaient en même temps les premiers éléments de la civilisation d'Arkonis.

Fait curieux, l'importance et même l'existence d'Archetz étaient pratiquement inconnues dans la Voie lactée. Au cours de leurs tractations commerciales, les Passeurs parlaient de « la Banque », jamais de « La Banque Intergalactique de Titon à Archetz », organisme financier d'une importance et d'une puissance uniques dans toute la Galaxie, connu et secrètement redouté d'Arkonis III.

Cokaze, accompagné de quelques familiers et de Thomas Cardif, se tenait dans une élégante salle d'attente de « la Banque ». Au bout d'un certain temps, un personnage drapé dans une espèce de toge de couleur jaune, entra sans bruit.

— Vous êtes le patriarche ? demanda-t-il en inclinant légèrement la tête.

— Vous êtes Atual ? répondit Cokaze avec le même signe de tête.

— Ortèze nous attend... Veuillez me suivre ! dit Atual.

Le petit groupe se mit en route et Cokaze, se retournant vers Thomas Cardif, lui dit :

— Reste à mes côtés, Arkonide.

Atual, ayant entendu ces paroles, se retourna.

— Mais, patriarche, tu es venu avec Perry Rhodan !

Cokaze éclata d'un rire retentissant.

— Ce n'est pas Perry Rhodan, mais son fils dont la mère était arkonide de lignée princière...

Atual toisa le fils Rhodan d'un regard aigu.

— Cela va modifier l'horaire de notre journée, dit-il enfin.

— Vous en avez l'habitude, rétorqua Cokaze ; avec vous, les banquiers, on ne sait jamais où l'on va.

Cette allusion resta sans réponse de la part d'Atual qui, avec Ortèze, présidait depuis plus de trente ans au destin de « la Banque ».

Maintenant, tout le monde était réuni dans le cabinet de travail d'Ortèze. Au contraire de son associé Atual, qui était grand et chauve, Ortèze était petit et de conformation délicate. Il s'exprimait avec une précision sèche et sans détour :

— Nous avons reçu votre message et sommes surpris de votre décision de vous engager dans une aventure aussi risquée.

— C'est pourquoi je suis venu vous voir, répondit Cokaze, je suis ici avec le fils de Perry Rhodan, je vous prie de le noter. Et de noter aussi que je viens

124

du système solaire que j'ai quitté sans condition sous la menace d'une flotte d'Arkonis, survenue à l'improviste, et dont chaque vaisseau était commandé par un Terranien.

— Vous parlez trop, Cokaze, l'interrompit Ortèze, nous allons en rester là, car j'ai tout à l'heure une conférence avec les représentants du monde Gutha.

— Ils attendront, Ortèze. Quel poids peut avoir le bénéfice de quelques milliards face à la chance de nous rendre maîtres d'Arkonis ? Le Grand Coordinateur n'a plus de puissance. A sa place gouverne un obscur Atlan. Pour en arriver là, il a appelé Rhodan dont le fils est à côté de moi. Il suffisait à Rhodan d'une poignée d'hommes pour destituer le Régent-robot et pour nous imposer le nommé Atlan.

Ortèze examinait les ongles très soignés de ses mains. Après un moment, il dit :

— Vos paroles sont du vent, Cokaze. Nous sommes banquiers et ne travaillons qu'avec des certitudes ; un point, c'est tout.

— Peut-être, mais vous feriez mieux d'étudier les dernières nouvelles !

— Nous les connaissons. Vous n'ignorez pas que le marché financier réagit immédiatement à tout événement politique ?

— Bon. En ce cas, vous savez aussi que les Aras m'ont invité à assister demain à Aralon au Conseil des Dix ? Si vous n'êtes pas disposé à financer la création d'un Grand Empire Commercial, il ne me reste qu'à m'associer avec les Aras. Cette fois, nous avons vraiment tout dit !

Une heure plus tard, Cokaze et les siens étaient de retour sur le *Cok II*. Il ne commenta pas l'entrevue décevante avec Ortèze et Atual. Thomas Cardif était devenu son éminence grise qu'il écoutait et qu'il craignait tout à la fois. Sous son influence, et poussé par son avidité irréfragable, il s'était engagé, lui et sa tribu, dans une aventure périlleuse où les rôles étaient maintenant intervertis : ce n'était plus Cardif qui était l'instrument des sauteurs, mais bien eux qui servaient le dessein du jeune Arkonide.

Quelques jours auparavant, Cokaze avait eu un entretien significatif avec Cardif qui avait demandé :

— La révolution commence-t-elle à gronder dans le Grand Empire ?

— Je n'en sais trop rien, répondit Cokaze, mais les Aras sollicitent pour la troisième fois une entre-vue avec moi...

— Cokaze, tant que vous ne mettrez pas le paquet, comme on dit, vous ne gagnerez pas un sou dans cette grande affaire dont l'enjeu est le Grand Empire. Au lieu de réunir vos atouts, vous les éparpillez sans profit. Contactez les peuples coloni-sés d'Arkonis, rassurez leurs autonomistes, mais sans jamais risquer votre peau. Et surtout, faites en sorte que les différents mouvements séparatistes se concertent et déclenchent une action commune suffi-samment puissante pour balayer Atlan et ses acoly-tes. Mais si vous tergiversez, Atlan aura le temps de retirer sa flotte du front des Droufs et alors ce sera la guerre civile avec toutes les destructions qu'elle entraîne. Or, vous n'avez aucun intérêt à hériter d'un empire démoli et réduit en miettes ; c'est un fruit mûr et intact qu'il vous faut cueillir ! Encore faudrait-il que vous soyez en mesure de le mettre dans votre poche, si vous comprenez ce que je veux dire... !

Réflexion faite, Cokaze ne pouvait que suivre la pensée de Cardif. Il appela près de lui les navires *Cok III* et *IV*, et, réunissant toute la puissance de leurs émetteurs respectifs, commença par tisser un réseau d'informations qui consolidait de plus en plus sa puissance politique. Il était soutenu par plus de neuf cents autres familles notables, les chefs d'autres tribus de Marchands rallièrent sa cause, et les Aras ne cessaient de solliciter sa collaboration.

— Ne vous exposez pas trop ! avait conseillé plus d'une fois Cardif.

Et Cokaze l'écoutait sans savoir toujours pourquoi, peut-être simplement parce que force lui était de reconnaître la supériorité du fils de Rhodan.

Peu à peu, la situation était devenue explosive. Cokaze et Cardif étudiaient les dernières nouvelles. L'heure semblait proche où Atlan serait obligé de s'adresser ouvertement à l'ensemble du Grand Empire s'il ne voulait pas risquer de le voir éclater en mille morceaux. Seule, « La Banque Intergalactique de Titon à Archetz » resta muette.

Mais Cokaze demeurait de bonne humeur et

souriait à Thomas Cardif. Il avait placé des explosifs partout, et ils étaient prêts à sauter. Il suffirait d'allumer leurs mèches. Et ces mèches, il les devait à Cardif, son seul conseiller.

Les autres membres de sa famille ne regimbaient pas. Mais le fait qu'ils ne portaient pas Cardif dans leur cœur était un secret de polichinelle. Pourtant, Thomas Cardif ne s'en souciait guère. Tout en se sachant le plus fort, il prenait soin de ne pas sortir de son rôle de conseiller désintéressé. Cependant, Cardif n'était pas pour rien le fils de Perry Rhodan. Comme son père, il avait la faculté d'embrasser d'un coup d'œil toutes les péripéties d'une situation donnée, sans négliger les impondérables. Souvent, il agissait sans réfléchir, obéissant à une intuition sûre et sans faille.

— Je crois, dit Cardif, que nous devrions informer Atual et Ortèze des dernières nouvelles et leur dire que le Conseil des Dix des Aras insiste pour vous rencontrer à brève échéance. Finalement, les Aras forment, après le vôtre, le peuple le plus nombreux de l'Empire d'Arkonis.

— N'est-ce pas trop tôt ? osa demander le fils aîné de Cokaze, aussitôt rabroué vertement par son père...

Au bout de quelques minutes, le visage d'Atual apparut sur l'écran dans la cabine de Cokase qui avait demandé la communication.

— Atual, je te parle au nom de huit cent cinquante-sept patriarches, au nom des chefs de cent

128

vingt-six des plus grands chantiers de constructions navales, des industries lourdes et des arsenaux. Un messager spécial t'apportera les documents qui confirmeront leur décision de solder leurs comptes dans vos livres et de les transférer...

— Comme vous voulez, patriarche, l'interrompit Atual sans s'émouvoir, j'attends les documents...

Cet accueil glacial mortifia profondément Cokaze et remplit d'inquiétude ses familiers. Cardif, lui, goûtait avec délices le parfum de sa cigarette.

— Ne voulez-vous pas transmettre les documents à la Banque ? demanda-t-il. Je pense aussi qu'il serait bon d'aviser le Conseil des Dix de notre arrivée prochaine.

Le vieux Cokaze avait tout de même conservé son libre arbitre :

— Non, je préfère laisser mijoter dans leur jus Atual et Ortèze. Au moins jusqu'à ce soir. Peut-être tomberont-ils dans le panneau pour sortir de leur réserve. D'ici là, je pourrais nouer d'autres relations.

En effet, le patriarche était un négociateur hors de pair. Il réussit à convertir à ses idées quatre chefs d'entreprise importants et revint bientôt en triomphateur, ayant obtenu neuf autres engagements.

Pendant ce temps, des messages sténocodés firent le va-et-vient entre Arkonis et Terra. Il était impossible de les déchiffrer, mais leur lecture tant chez

129

Atlan que chez Perry Rhodan, se faisait sans perte de temps notable.

— Ce n'est pas tout, je le devine rien qu'à te voir, Atlan, dit Rhodan face au vidéophone.

Les deux amis se parlaient aisément malgré la distance de 34 000 A.-L. qui les séparait.

— Oui, effectivement, répondit avec quelques hésitations Atlan. C'est Thomas Cardif qui tire toutes les ficelles.

— Thomas est majeur, que veux-tu que j'y fasse !

— Bien sûr. Mais voilà : lorsque j'ai demandé au cerveau positonique qui était l'âme des mouvements séditieux, il m'a cité le nom de *Rhodan* sans préciser si c'était Rhodan père ou Rhodan fils.

— Et tu es prêt à le croire ?

— Toi-même, tu ne le crois pas ? Au fond, tu pourrais être fier de ton fils si, en essayant de me chasser, il ne visait pas son père !

Cette entrevue par télécom avec Atlan avait été annoncée auparavant, si bien que Rhodan avait eu le temps de faire venir ses collaborateurs les plus proches. Ils écoutaient, muets de saisissement : Rhodan contre Rhodan, qui aurait jamais pu envisager cela ?

Sur l'écran du vidéophone, Atlan, qui s'était tu, reprit la parole :

— Perry, je t'informe que je retire du front des Droufs tous mes vaisseaux robots.

— Amiral, à ta place, je ne suivrais pas, cette fois-ci, l'avis du grand cerveau, répondit Rhodan. Ton intervention personnelle ou celle de tes robots risque de provoquer une déflagration aux conséquences incalculables. Depuis que tu m'as appelé, j'étudie un projet où ne manque plus que l'avis de certains de mes ingénieurs qui s'occupent de l'hyperpropulseur linéaire, me comprends-tu ?

Perry Rhodan restait intentionnellement vague par crainte d'une écoute indiscrète qu'il estimait possible malgré les affirmations contraires de ses techniciens.

— J'entends bien, dit Atlan, mais qu'est-ce que j'ai à voir dans tout cela ?

Perry Rhodan sourit en répondant :

— J'espère posséder bientôt un attrape-mouches.

— Je comprends, rétorqua Atlan, mais il me semble que tu veuilles chasser Satan avec Belzébuth.

— Il n'est pas question de Satan ni de Belzébuth. Je te rappelle simplement que l'on peut attraper deux mouches d'un seul coup...

Allan D. Mercant était seul à connaître le projet secret de Rhodan. Le plan « Attrape-mouches » restait en suspens tant que le travail de l'équipe 065 n'était pas achevé. L'homme capable de le mener à bien, c'était Rabindranah, l'Hindou.

CHAPITRE IV

Vingt-quatre heures plus tard, les plus importants émetteurs d'Arkonis III s'insérèrent dans les émissions télévisées. Sur tous les écrans du Grand Empire apparut d'abord l'indicateur caractéristique du Régent-robot, puis, l'image de la grande coupole du central positonique et enfin résonna la voix métallique connue de tous.

La voix était menaçante d'abord parce qu'elle était impersonnelle, ensuite parce qu'elle dévoilait avec une froide franchise les plans des Passeurs, ceux des Aras et des Ekhonides et d'une cinquantaine d'autres peuples faisant partie du Grand Empire. Il n'y avait aucune mise en garde, simplement l'information que la flotte des robots serait retirée du front des Droufs.

— Ainsi la voie sera ouverte aux Droufs qui voudront envahir nos territoires, car un empire qui renonce à se défendre contre l'agresseur n'est plus digne d'exister ! termina la voix artificielle.

Après cette harangue, reparut la coupole positonique, suivie du dessin quadrillé habituel. Elle donna à réfléchir à plus d'une intelligence dans le Grand Empire.

Dans le transiteur qui les ramenait d'Aralon où la conférence avec le Conseil des Dix avait été un succès, Cokaze et Thomas Cardif avaient suivi l'émission d'Arkonis III. Elle avait impressionné Cokaze, mais Cardif restait froid.

— C'est du bluff, disait-il. Si j'étais sûr que c'est le grand cerveau qui a parlé, je ne vous donnerais aucune chance, à vous, Passeurs, de réussir. Mais vous savez bien que le grand cerveau n'est plus qu'un paravent derrière lequel se cache Atlan, qui vient de vous fournir la preuve que mon conseil d'entrer en contact avec les commandants sur le front drouf était bon.

Une fois de plus, Cokaze, pourtant un dur à cuire, ne put s'empêcher d'éprouver un malaise face à l'esprit glacial du jeune homme. Cardif le sentit nettement.

— A vos yeux, je suis un monstre, n'est-ce pas ? Cependant, vous oubliez que mon plan ne comporte aucune action guerrière, qu'il n'envisage aucune effusion de sang, mais uniquement la ruine de Rhodan dont le nom sera effacé de la mémoire des hommes d'ici dix ans, tout comme le mien d'ailleurs. Mais ma vie aura eu un sens ! Actuellement, elle n'en a aucun.

Spontanément, Cokaze demanda :

— Dites-moi, la pensée de Perry Rhodan ressemble-t-elle à la vôtre ?

— Oh non, Cokaze ! Il y a une ressemblance physique, c'est tout. Rhodan est terranien, ce mélange où le sentimental le dispute au concret. Moi, je suis arkonide et ne connais que le concret.

— Est-il vrai que vous ne voulez tirer aucun avantage de la perte de Rhodan ? interrogea Cokaze.

— Avantage, pour moi ? (Cardif ne comprenait pas.) Je ne joue même pas avec l'idée de prendre sa succession à l'Empire Solaire. Je veux venger la mort de ma mère, c'est tout. Mais pourquoi me parlez-vous si souvent de Rhodan ?

— Parce que, parfois, vous m'inquiétez. La sagacité de votre esprit est celle de Rhodan. Il me semble qu'à votre place, je serais fier d'être son fils.

— Pour un Marchand, vous n'êtes pas dépourvu de sentiments ! constata Cardif, sarcastique.

L'officier radio de bord demanda la parole.

— Maître, dit-il, je vous prie d'écouter la nouvelle que nous venons d'enregistrer.

Cette nouvelle concernait le système Dartol, faisant partie du Grand Empire, et distant de 1 529 A.-L. d'Arkonis III. C'étaient deux soleils qui animaient trente-six planètes peuplées de Rasis, créatures amphibies de haute intelligence. Voici une heure, des vaisseaux-robots d'Arkonis étaient apparus dans le ciel de trois de leurs planètes et, sans mise en garde préalable, avaient transformé en nuage gazeux une des nombreuses lunes tournant autour de chaque planète. La puissance de leurs radiations thermiques avait contraint les Rasis à se réfugier au fond de la mer. Un des derniers messages du gouvernement de la triple entente avait protesté de sa fidélité envers Arkonis.

— Arkonis réagit ! constata Cokaze terrorisé.

Mais Cardif le contredit.

— Ce n'est pas le cerveau-robot qui réagit, mais Atlan. Si le Régent existait, il aurait transformé les trois planètes en soleils et montré ainsi sa dureté implacable. Au contraire, Atlan n'a donné qu'un avertissement en transformant en gaz les trois lunes, sans toucher aux planètes elles-mêmes. Il sera utile, me semble-t-il, d'attirer l'attention des Passeurs sur cette nuance ! conclu-t-il sur un ton confidentiel.

Lorsque Cokaze et Cardif arrivèrent dans l'astroport de Titon, ils étaient attendus par Atual et Ortèze qui avaient fini par reconnaître la supériorité de Cokaze, surtout depuis que celui-ci avait rallié à ses projets le Conseil des Dix à Aralon.

Ils se retrouvèrent tous, avec la suite de dix-huit personnes de Cokaze, dans le salon d'honneur de l'astroport.

— Nous avons pris les dispositions nécessaires pour agir selon tes désirs, Cokaze, conclut Atual, mais nous devons te mettre en garde contre les risques qu'ils entraînent.

— Pourquoi ? demanda Cardif avec brusquerie.

Très surpris, les deux banquiers se tournèrent vers lui. Mais Cokaze déclara :

— Cardif parle en mon nom. Expliquez-vous avec lui !

C'est avec étonnement que les sauteurs assistèrent à une joute oratoire au cours de laquelle tous les arguments des deux banquiers, pourtant expérimentés, furent démontés un par un par les raisonnements opposés du jeune homme, si bien que, finalement, les deux financiers durent admettre que sa façon de voir les choses n'était pas plus mauvaise que la leur.

— En dernière analyse, conclut Cardif en triomphant, mais d'un ton toujours mesuré, c'est une question de risques à courir. Mais la « Banque », elle, n'en court aucun en provoquant une inflation qui mènera Arkonis à la faillite. Et une déroute économique est beaucoup plus grave qu'une bataille perdue. Messieurs, décidez-vous sur-le-champ. Sinon, nous ferons usage de nos accords et, une heure plus tard, la « Banque galactique de Titon à Archetz » sera obligée de cesser ses paiements.

Tous les Passeurs, et non seulement Atual et Ortèze, ressentirent l'affront unique dans l'histoire millénaire de « La Banque ». Mais les banquiers durent s'incliner.

Ortèze, avec une colère à peine dissimulée, déclara d'une voix sourde :

— Demain matin, dans trois unités de temps, nous aurons les cotations d'Arkonis. Alors, nous agirons, Terranien.

136

Et ils s'en allèrent sans saluer personne. Cardif sourit en écrasant le bout de sa cigarette. Il était content de lui-même.

— Thomas Cardif, je ne vous connaissais pas de compétence en matière de finance économique ! dit Cokaze.

— En effet, de telles questions ne m'ont jamais intéressé. Mais j'ai suivi ma logique et obéi à mon intuition.

La Compagnie G.H.C. au Cap avait cessé d'être un centre d'industrie lourde de la Fédération Africaine. Les agents du D.S.T., agissant en vertu de la loi d'exception élargie, avaient fouillé le vaste établissement et découvert nombre de documents mettant à jour les relations de haute trahison entre ses dirigeants et les émissaires de Cokaze. Aussi, la confiscation de l'énorme entreprise au profit de l'Etat n'avait-elle suscité aucune protestation dans la presse africaine.

Les ampoules trouvées chez Rochard, Artun et Sharkey avaient été analysées dans des laboratoires médicaux. Elles contenaient des produits toxiques aras d'une composition inconnue dont l'injection intramusculaire provoquait chez l'homme des facultés d'hypnose ou de suggestion phénoménales. Leur danger résidait moins dans leur toxicité que dans la durée de leur action : plus de six mois !

Au cours du premier semestre 2044, l'Empire Solaire avait vécu l'invasion des Droufs, conjurée grâce à l'intervention des navires-robots d'Arkonis accompagnés des vaisseaux transiteurs des Marchands ; ces derniers s'étaient montrés en fin de compte aussi dangereux que les envahisseurs. C'en était fini de la sécurité trompeuse dans laquelle avaient vécu jusqu'ici les Solariens trop confiants dans leur puissance fallacieuse. Des signes inquiétants dénonçaient maintenant la fragilité du Grand Empire dont l'écroulement entraînerait infailliblement celui de l'Empire Solaire. Quoi d'étonnant, dès lors, que des tensions politiques se manifestent un peu partout et que l'agitation gagne des couches de plus en plus larges des populations.

Une fois de plus, le sort du monde reposait entre les mains d'un seul homme. Peu de gens s'en rendaient compte. Et les techniciens de l'équipe 065 se demandaient pour quelles raisons le Stellarque les poussait avec tant d'insistance à terminer leurs travaux.

Le savant hindou, Rabindranah, découvert par Frank Lemmon, devenu l'âme de l'équipe, brûlait d'ambition de démontrer la justesse de ses théories. Un des meilleurs mathématiciens de Terrania était devenu son collaborateur dévoué et les deux hommes travaillaient d'arrache-pied pour préparer le programme de l'ordinateur positonique, qui hâterait leurs travaux ardus.

Le problème crucial était celui des modifications

structurelles entraînées par la propulsion linéaire, problème d'autant plus difficile à résoudre que le propulseur lui-même était presque inconnu.

Une nuit, Rhodan fut tiré de son sommeil par le grésillement de l'intercom dans sa chambre à coucher. Sur l'écran apparut le visage de Rabindranah, visiblement exténué.

— Commandant, le détecteur spécial d'un propulseur linéaire est terminé et il fonctionne.

La voix de Rabindranah faiblit et, sous les yeux de Rhodan, l'Hindou s'écroula d'épuisement. Immédiatement, le Stellarque alerta l'équipe médicale de permanence, puis appela Réginald Bull qui avait du mal à s'éveiller complètement.

— C'est une merveilleuse nouvelle, Perry, mais comment fonctionne cet appareil ?

Rhodan réalisa qu'il avait agi trop vite. Il rappela l'équipe médicale déjà en route pour le labo 18 et l'équipe 065.

— Docteur, dit-il à son chef d'un ton pressé, vous trouverez au 065 un Hindou évanoui de fatigue. Faites en sorte qu'il puisse répondre à quelques questions que M. Bull désire lui poser, si toutefois son état de santé le permet.

Il contacta de nouveau Bull, mais dut attendre quelques minutes car son lieutenant, ayant pris une douche, était en train de s'habiller.

— Voilà, Bull, Rabindranah va te donner personnellement les renseignements nécessaires au sujet du nouveau détecteur.

Quatre heures plus tard, le croiseur *California* stationné quelque part dans l'espace et ayant Bull à son bord, lança un message laconique :

— Attrape-mouches.

Une minute plus tard décolla de Terrania le *Drusus,* le super-croiseur de bataille, d'un diamètre de quinze cents mètres. A son bord se trouvaient non seulement Rhodan, Mercant et Freyt, mais encore la majeure partie du corps des mutants, et près de deux cents savants spécialisés de tous ordres. Tous participaient au plan « *Attrape-mouches* ».

Bien avant l'orbite de Pluton, le *Drusus* avisa les différentes stations de surveillance de la secousse structurelle consécutive à sa transition qu'il allait effectuer exceptionnellement à l'intérieur du système solaire. Non sans amertume, Perry Rhodan pensait que, une fois de plus, il devait jouer son va-tout.

A trois cent mille kilomètres du *California,* le *Drusus* revint de l'espace interstellaire et plongea de nouveau dans l'espace planétaire. Cinq minutes après, Bull, accompagné de quelques collaborateurs et d'un ouvrier-robot, avait quitté le *California* et gagné le *Drusus* qui venait de l'accoster.

Le robot était porteur du nouveau détecteur. L'appareil n'était pas lourd, mais comme il n'en existait qu'un seul exemplaire, Bull avait jugé prudent de le confier à un robot.

Il lui fallait dix minutes pour se rendre du sas d'embarquement du *Drusus* au poste de commande central du vaisseau gigantesque. Mais le temps ne pressait pas. Dans le sas, Bull avait contacté Perry Rhodan par microcom et communiqué : « 16 25/F 13/S27, catalogue stellaire d'Arkonis ». Le central de bord avait enregistré ce chiffre sur une bande perforée qui se trouvait maintenant entre les mains du Stellarque. Il désignait un minuscule soleil de couleur rouge avec deux planètes seulement, distant de 8 136 A.-L. de la Terre, dans la direction du « Tire-bouchon », ainsi appelé en raison de la forme qu'affectait un bras de la galaxie en spirale. Dans cette région, Bull, grâce au nouveau détecteur construit par Rabindranah, avait pu déceler la présence des trois mille croiseurs droufs disparus depuis leur fuite du système solaire.

Cette bande perforée, que Rhodan étudiait avec une attention toute particulière, contenait également les coordonnées nécessaires pour atteindre le soleil rouge, huit fois plus petit que Sol.

Au moment voulu, le *California* et le *Drusus* se trouvaient à quatre A.-L. de Terra, distance déjà incluse dans le calcul de l'ordinateur de bord.

A partir de ces données, les stratèges du *Drusus* entraient en jeu. Rhodan lança des ordres précis. Dans son P.C. arrivaient des indications et des messages de tout ordre.

Lorsque Bull et ses compagnons eurent atteint le poste de commande central, le *California,* un croiseur de 100 mètres de diamètre, était en route vers la Terre. De son côté, le *Drusus* préparait la transition pour franchir les 8 100 A.-L. qui le séparaient du petit système solaire jusqu'ici sans importance apparente, mais à présent d'un intérêt particulier. L'opération était dirigée par le général Deringhouse.

Signe précurseur d'événements d'envergure, le Stellarque avait convoqué ses collaborateurs les plus directs dans son salon privé. Parmi ceux-ci, seul Allan D. Mercant connaissait le secret du plan « *Attrapes-mouches* ». Perry Rhodan commença :

— Messieurs, à minuit le *California* se posera sur Terra. A la même heure, nous nous serons rapprochés à une distance de dix à quinze A.-L. du système qui sert de repaire à la flotte des Droufs. A Terrania, un aviso, prêt à décoller, attend le moment où nous rallierons les deux planètes où se cachent les Droufs. Dès réception de cette nouvelle, il décolle à destination d'Arkonis III et transmet à Atlan, et à lui seul, le mot « l'anneau des Niebelungen ». Le commandant ignore la raison de sa mission, tout comme les ordinateurs ignorent l'existence de ce mot de passe. J'espère qu'Atlan, en l'entendant, se souviendra de ce que j'ai désigné ainsi lors d'une entrevue dans un croiseur d'espace.

— Un tantinet compliqué, ton procédé, tu ne le penses pas ? opina Bull.

— Compliqué, non, répliqua Rhodan, mais conçu en vue d'éviter le moindre risque. Dès réception de l'enveloppe cachetée qui contient ce message, Atlan en connaîtra et l'auteur et la signification. Quant à l'aviso, il ne regagnera pas la Terre ; il nous suivra et, en un endroit qui lui sera désigné, attendra d'autres instructions. Quant à nous, nous allons nous entendre avec les commandants des vaisseaux droufs.

Cette dernière prétention aurait paru extravagante, compte tenu des multiples mésaventures survenues chaque fois qu'on avait eu affaire aux Droufs, n'eût été l'accent de certitude dans la voix de Rhodan. Mais Bull ne put se retenir :

— Perry, ne sais-tu pas qu'une entente avec un Drouf est impossible tant qu'il croit avoir la moindre chance d'être en vie la minute suivante ?

— Tu as parfaitement analysé la situation, mon bon ami, rétorqua Rhodan, car, en effet, les Droufs n'ont plus aucune chance de rentrer chez eux. La zone d'interférence entre nos deux univers est devenue d'une instabilité telle que le passage d'un système à l'autre est de plus en plus difficile. C'est un secret que nous partageons avec Atlan, mais personne d'autre en Arkonis, y compris un certain Thomas Cardif, n'est au courant. Les capitaines des trois mille bateaux droufs connaissent leur situation et c'est là notre avantage. Ils savent que leurs hyperpropulseurs ne leur sont d'aucune aide pour passer de notre univers dans le leur ; la vitesse seule n'y suffit pas et ils ne possèdent pas nos dispositifs pour créer ce que nous appelons un « champ de lentilles ».

« A cela s'ajoute encore le fait qu'ils obéissent nécessairement au temps de leur espace quintidimensionnel, autrement dit que chez nous leur vitesse est de cinquante pour cent inférieure à la nôtre puisqu'ils ne peuvent dépasser 150 000 km/sec.

« Un jour, leurs savants trouveront certainement où se situe la faille entre nos deux univers qui leur permettra de rentrer chez eux, mais ils ont conscience qu'aucun des leurs, même le plus jeune, ne vivra plus. »

— C'est très bien, tout cela, dit Bull, mais oublierais-tu que des situations désespérées peuvent provoquer des réactions imprévisibles ?

Perry Rhodan hocha la tête.

— As-tu déjà entendu parler d'une « planche de salut » ?

— Oui, bien sûr ! Mais les Droufs ont une tournure d'esprit particulière. Méfie-toi !

— Lorsqu'il s'agit de mourir, les Droufs sont comme les hommes, crois-moi. Et c'est à cela que je pense pour négocier avec eux.

L'intercom annonça une communication d'Atlan. Le visage de l'Arkonide sur l'écran trahit sa mauvaise humeur.

— Félicitations, Perry ! Tu pourrais être fier de ton fils s'il n'était pas aux rangs de nos ennemis !

Rhodan pâlit légèrement en écoutant ce préambule. Atlan continua :

— Sous la pression d'un certain Thomas Cardif, la « Banque Galactique de Titon à Archetz » a déclenché l'inflation en Arkonis. Comme tu le sais, nous avons une institution semblable à votre Bourse. Elle est devenue le théâtre de scènes de folie. Même l'intervention de la Banque d'Arkonis ne suffit pas pour arrêter l'effondrement des cours. Le Cerveau-robot donne le conseil de ne pas intervenir...

« Nos chers amis, les Aras, ont suspendu « provisoirement » toute fourniture de médicaments et j'ai appris que Cokaze et Cardif ont négocié pendant plusieurs heures avec le Conseil des Dix à Aralon. Aucun bateau des Passeurs ne relâche plus dans nos ports, c'est le blocus de l'importation.

« Trois escadres de bataille, commandées par des capitaines des Passeurs, ont essayé de se retirer du front drouf pour rallier M-13. Notre défense automatique est intervenue. Cent soixante-deux unités ont été anéanties avant que j'en sois informé. Il paraît que ces escadres devaient assurer la protection d'Archetz. Sauf à Arkonis I, II et III, la révolution gronde partout. Le Cerveau-robot évalue le nombre des commandants loyalistes à 47,3 pour cent du total seulement.

« C'est le contrecoup de la décision du grand cerveau de remplacer la majorité des commandants-robots par des hommes. Si, dans le cours des dix prochaines heures, la situation continue de se détériorer, je ferai sauter la planète Archetz, après les avoir avertis une dernière fois. Et si cela ne suffit pas, ils auront... »

Perry Rhodan lui coupa la parole :

— Atlan, je te conseille de ne rien faire tant que tu n'auras pas eu d'autres nouvelles de ma part.

— Je crains, Perry, que tu ne sous-estimes ton fils. C'est tout de même un homme remarquable. D'accord, j'attendrai, pourvu que Cardif m'en laisse le temps...

— Il te laissera le temps nécessaire ! affirma Rhodan avant même d'avoir réfléchi, et tout surpris de cette réponse spontanée.

— Rhodan contre Rhodan ! Qui aurait jamais cru cela ? dit Atlan. Toi et moi, nous nous sommes éprouvés souvent, mais jamais épreuve n'aura été aussi dure que cette fois-ci. Cardif te laissera le temps, me dis-tu. Comment peux-tu en être aussi sûr ? Rappelle-toi, à ma question de savoir qui tire les fils de la subversion, l'ordinateur a répondu : « Rhodan », sans autre précision...

Perry comprit instantanément quel doute son affirmation avait suscité dans l'esprit de son ami. Il ne se retourna pas vers ses familiers, afin de dissimuler son désarroi. Il admira Atlan qui, pour résumer la situation douteuse dans laquelle l'avait plongé la phrase spontanée, avait eu ce mot : « Ton fils te connaît-il aussi bien qu'il est connu de toi ? »

En son for intérieur, et de toutes ses forces, Rhodan appela son fils. Mais ce fils était dans les rangs de ses ennemis et n'entendit pas le cri du cœur de son père.

CHAPITRE V

Le soleil rouge n'était plus qu'un minuscule point sur l'écran radar du *Drusus*. Rhodan s'en était rapproché à huit A.-L. Le détecteur spécial de Rabindranah fonctionnait intensément.

Le gigantesque croiseur de bataille était paré au combat. Deux mille deux cents hommes, vêtus de scaphandres, étaient prêts à s'élancer dans l'espace. Une demi-heure plus tôt, dès la transition terminée, Rhodan leur avait brièvement exposé la situation et l'enjeu de leur mission. Le calme de ces hommes décidés et aguerris par mille expériences semblables était impressionnant.

Le plan « Attrape-mouches » allait entrer en action. Mais, seuls, Marshall, Mercant, Freyt et Bull étaient au courant. Le Stellarque était sur le point de prendre l'initiative décisive : parler au chef des Droufs. Tout près de lui se tenait Harno, l'énigmatique créature en forme de boule flottant dans l'air, dotée de fantastiques facultés de téléscopie. Sans erreur, elle avait détecté dans la foule des Droufs le personnage géant du chef et rendu visible — avant même que Rhodan pût prononcer le premier mot — l'immense carrure de ce corps haut de trois mètres, la tête ronde, lisse et brune, de cinquante centimètres de diamètre, avec ses quatre yeux et sa bouche triangulaire, sans nez ni oreilles. Cet aspect terrifiant était familier à Rhodan et ses hommes. Avec le concours de cette créature redoutable et de ses trois mille vaisseaux, il fallait réaliser son projet téméraire. Mais qu'adviendrait-il si, en une situation donnée, le Drouf décidait de ne plus respecter leur convention et d'agir de sa propre initiative ? Mille raisons pouvaient militer en faveur d'une telle éventualité. L'état d'esprit des Droufs n'avait rien d'humain ; n'étaient-ils pas des descendants lointains d'insectes ? Leurs actions n'étaient dictées que par l'opportunité, ou déterminées par la peur des Terraniens.

— Commandant, détecteur au jaune, point dix-huit, annonça le lieutenant aux radars. Quatre-vingts à cent vaisseaux se rapprochent de nous à 0,4 vitesse-lumière. Distance : sept minutes-lumière.

Rhodan tourna la tête vers Marshall, chef de la brigade des mutants dont une trentaine se trouvaient à bord du *Drusus,* vaisseau amiral de la flotte solarienne. Marshall répondit par un signal à son appel télépathique et, par la même voie, s'adressa à André Lenoir, l'hypnotiseur de la troupe. Les téléporteurs se préparèrent à l'action. Un des leurs ne mesurait qu'un mètre de haut, un curieux mélange de castor et de souris, L'Emir, le mulot. Celui-ci se ceignit du chapelet de bombettes dont une seule suffisait pour transformer un navire en soleil atomique. Il en disposait d'une vingtaine. Les téléporteurs humains en transportaient le double. Ils n'attendaient plus que l'ordre de départ.

Le détecteur réagissant aux hyperpropulseurs linéaires communiqua des nouvelles inquiétantes. Bull, placé devant l'appareil, les transmit aussitôt :

— Quatre cents vaisseaux droufs, venant de jaune, point dix-huit, s'approchent de nous à vitesse super-lumière. Distance trois jours-lumière environ... Egalement une escadre forte de soixante unités, à deux heures-lumière seulement...

— Voilà, le moment est venu ! répondit Rhodan simplement.

Il écarta tous les microphones placés devant lui à l'exception de celui branché sur l'émetteur vers les Droufs.

— Allô, ici Rhodan parlant à chef drouf !

Dix fois de suite, il répéta cet appel ; puis se tut. Dans la salle, on n'entendit que le ronronnement à peine audible des appareils électroniques. Pourtant, peu à peu, un bruissement de plus en plus fort sortit des haut-parleurs. Le différentiel électromagnétique des deux champs en présence ne permettait pas autre chose que ces bruits informes. La voix de Bull se fit entendre :

— Les quatre cents s'approchent maintenant à la vitesse de trente fois celle de la lumière !

Sa voix trahit le regret que les Terraniens ne possédaient pas des propulseurs capables de telles performances dans l'univers einsteinien.

Par l'intercom, le commandant fit savoir que, de son propre chef, il avait fait concentrer l'ensemble de ses ressources énergétiques sur l'armement du super-croiseur. C'était un message de routine et une initiative qui, souvent déjà, avait sauvé une situation apparemment désespérée.

— D'accord ! répondit Rhodan, et tout le monde sur le *Drusus* put l'entendre.

— Les Droufs accélèrent encore ! dit Bull d'une voix qui vibrait d'une émotion grandissante.

— Quelle est leur vitesse ? demanda Rhodan, alors que Bull scrutait ses cadrans.

— L'appareil de Rabindranah est en panne... ! annonça ce dernier.

— Les Droufs sont en vue ! cria l'officier du central.

Presque à la même seconde, les mutants s'élancèrent contre les assaillants.

Rhodan savait parfaitement que, incapable d'une action décisive, ce commando ne pouvait que perturber plus ou moins les vaisseaux des Droufs sans les mettre en fuite. C'est pourquoi il réitéra son appel :

— Allô, ici Rhodan à chef drouf, ici Rhodan à chef drouf !

Mais cette fois encore, on n'entendit pour toute réponse que le bruissement caractéristique du différentiel électromagnétique.

150

— Commandant, ils sont en train de nous cerner, dit l'officier de service.

Rhodan hocha la tête. Les préparatifs d'une action-éclair étaient achevés. Mais il n'y pensait pas davantage qu'au péril qui approchait inéluctablement. L'enjeu était trop grand, il valait le risque suprême.

— Trois minutes, commandant! annonça Marchall en chuchotant.

Trois minutes s'étaient écoulées depuis le départ des téléporteurs. Selon les prévisions, leurs premières bombes devaient éclater cinq minutes plus tard, comportant un délai de quarante-cinq secondes pour permettre aux hommes de se mettre à l'abri.

— Allô, ici Rhodan à chef drouf! Ici Rhodan à chef drouf!

Grâce à Harno, Rhodan put reconnaître le commandant en chef des Droufs et observer que celui-ci, avec ses énormes jambes cylindriques, s'approchait d'un instrument qu'il put identifier comme étant un émetteur radio.

— Rhodan, ici Uong-zterds-klighf, commandant suprême. Que désirez-vous?

Les noms des Droufs étaient extraordinaires. Nul n'était capable de les retenir ou de les prononcer. Dès réception de cette voix, rendue possible grâce à des relais spéciaux, Rhodan s'était adressé à Marshall par voie télépathique.

— Rappelez immédiatement vos téléporteurs! Qu'aucune bombe ne soit amorcée!

Marshall n'avait pas besoin de consulter son chronomètre pour savoir qu'il devait engager une course contre les secondes.

Un clin d'œil lui suffisait pour fermer le casque de son scaphandre et de brancher le microscopique mais puissant télécom de construction swoone. Il intima l'ordre à ses téléporteurs de réintégrer immédiatement le *Drusus* avec la totalité de leurs bombes. Il n'avait pas encore terminé sa phrase qu'une toute petite voix se mit à pépier :

— Qu'est-ce que je fais de ma bombe dont l'amorce est déjà allumée, John ?

— Tu feras ce que tu pourras ! répondit Marshall sévèrement. Où es-tu ?

— Où veux-tu que je sois ? Sur le vaisseau amiral naturellement ! répondit la petite voix.

— Grands dieux, s'écria Marshall, affolé, c'est là précisément que rien ne doit arriver !

Mais un léger grésillement dans son écouteur l'avertit que L'Emir était déjà hors d'atteinte. Lentement, Marshall ouvrit son casque et s'épongea le front où perlaient des gouttes de sueur.

Entre-temps, une vive discussion s'était engagée entre Rhodan et le chef drouf. Elle se déroulait grâce à des relais spéciaux de part et d'autre, car les Droufs communiquaient entre eux par ultra-sons inaudibles aux humains, et sans se servir ni de bouche ni d'oreilles. Des antennes nerveuses transmettaient réceptions et émissions directement à leurs cerveaux.

A plusieurs reprises, le Drouf s'enquit de la flotte

terranienne. De toute évidence il était obnubilé par le souvenir de l'immense flotte d'Arkonis qui l'avait contraint à fuir et à se retirer dans ces contrées inhospitalières. A chaque fois, Rhodan déclara tranquillement :

— La flotte terranienne attend mes ordres ; les commandants de mes unités sont tous à l'écoute.

C'était du bluff, et Rhodan ne put se rendre compte de ce qu'en pensait le Drouf. Une aveuglante lueur zébra soudain l'espace entre les deux interlocuteurs qui demandèrent simultanément :

— Qu'est-ce qui se passe ?

L'Emir aurait pu leur donner l'explication du phénomène. Fidèle à la consigne de Marshall, il avait retiré in extremis la bombe qui devait anéantir le vaisseau amiral des Droufs et l'engin éclata au milieu de l'espace, non sans mal pour lui, du reste, comme en témoignait l'état de son scaphandre, roussi sur son côté droit.

C'était un de ces exploits que le mulot était seul à oser et à réussir avec une chance qui jusqu'ici ne s'était jamais démentie.

Le P.C. des mutants était un central en réduction de celui du *Drusus*. Appareils de détection et de mesure, écrans et agrandisseurs n'y manquaient point. Il était donc facile de se rendre compte que l'encerclement du *Drusus* par la flotte des Droufs était complet à tel point que même une plongée en transition eût été impossible. Rhodan ne laissait rien filtrer de sa pensée.

— Commandant drouf, dit-il, le grand nombre de vos navires est en réalité votre point faible et leur existence une question de peu de jours. Vos chances de pouvoir regagner votre univers sont nulles! Combien de vos navires avez-vous envoyés pour trouver l'endroit qui vous permettrait de quitter notre univers pour le vôtre? Je ne veux pas le savoir. Ce que je sais, c'est qu'aucun d'eux n'est jamais revenu. Et chaque heure qui passe rétrécit la faille entre nos deux espaces, et diminue d'autant vos chances de passer, mais elle augmente en proportion la puissance de mes vaisseaux qui vous ont empêché jusqu'ici de pénétrer chez nous.

— Du vent, Rhodan, rien que du vent! coupa le Drouf. Tu as voulu me parler. Je t'ai écouté; nous avons fini!

— Vous avez fini, et vous êtes finis! rétorqua Rhodan tranquillement, mais les appareils traducteurs en ultra-sons n'étaient pas en mesure de rendre la nuance de cette réplique.

Harno, la créature, boule flottante, montrait le Drouf au corps massif, mais aux membres délicats, qui joignit ses doigts fins pour réfléchir.

— Rhodan, quelles sont tes propositions?

Question aussi surprenante qu'inattendue après ce qui venait de se passer. Et Rhodan répondit par une question semblable:

— Qu'es-tu disposé à m'offrir?

— Quelles certitudes nous garantissent que nous pourrons effectivement rentrer chez nous?

154

C'était enfin la question tant attendue par Perry Rhodan !

— Il y en aura deux. Voici la première. Un de tes vaisseaux, mais un seul, s'approchera de nous à cent kilomètres. Mes services le dirigeront vers ton univers. Il y entrera avec la mission de vérifier la réalité de son passage, et de revenir aussitôt pour t'en rendre compte. Moi, je suis en mesure de te permettre ce passage. C'est la première de mes garanties...

Les cent vingt hommes de l'équipe spécialisée dans le maniement des projecteurs nécessaires à la création des champs lenticulaires avaient écouté l'entretien et n'attendaient plus que l'ordre d'exécution. Ils étaient en mesure de créer des champs d'interférence artificiels grâce auxquels un passage entre les deux univers était possible. A cet effet, un groupe d'astrophysiciens et de mathématiciens de Terrania avait œuvré plusieurs mois durant pour établir un horaire détaillé des opérations éventuelles.

La tête globuleuse du Drouf était immobile. Rhodan devina ce qui se passait dans son cerveau.

— Drouf, une attaque de mon vaisseau serait insensée. Elle démolirait immanquablement les appareils qui peuvent vous ouvrir le passage.

Le Drouf ne réagit pas.

— Quelle est ta seconde garantie ? demanda-t-il.

— Je t'enverrai cinq de mes hommes comme otages !

Pour les Droufs, une telle offre n'avait aucun sens.

Mais ils comprirent que ces curieux bipèdes de Terraniens attachaient beaucoup de prix à la vie de chacun.

— Bon, que dois-je faire de mon côté ? demanda le Drouf sans commenter la proposition de Rhodan.

— Tu vas apparaître par surprise au-dessus d'une planète qui te sera désignée. Tu pourras constater qu'il ne s'agit nullement d'un piège qui t'est tendu. Deux de mes cinq hommes qui seront placés sous ton commandement dirigeront tes éclaireurs et leur éviteront les zones dangereuses.

— Et cela rime à quoi ? demanda le Drouf.

— Il s'agit d'une manœuvre d'intimidation, répondit Rhodan, destinée à étouffer une révolution, sans effusion de sang.

— Rhodan, intervint le Drouf, nous savons qu'il n'y a pas de grande différence entre votre intelligence et la nôtre. Mais penses-tu vraiment que je puisse croire ce que tu dis ?

C'était le moment pour Rhodan de jouer une carte dangereuse.

— Droufs, pour nous, vous êtes des monstres qui répandent la terreur. Notre monde est devenu un foyer révolutionnaire qui se tiendra coi dès que l'annonce de votre arrivée se sera réalisée, car la peur paralysera le cœur des hommes. Si tu acceptes de faire pour moi cette démonstration de force, je te promets solennellement, moi, Rhodan le Stellarque, de t'ouvrir une porte qui te permettra de réintégrer ton univers.

— Montre-moi d'abord cette sortie, Rhodan. Un de mes vaisseaux l'empruntera et reviendra ensuite pour me rendre compte. Dès son retour, on en reparlera.

— D'accord ! Fais approcher un navire à cent kilomètres de nous. On te communiquera notre position exacte.

Avant de continuer, Rhodan couvrit le microphone de sa main et se tourna vers Bull.

— Le courrier d'Atlan est-il arrivé ?

— Oui, il s'est fait connaître par une brève impulsion. Il attend à l'endroit convenu. Mais ne te méfies-tu pas du Drouf ?

— On en parlera plus tard. Dites-moi, Marshall, qui a lâché la bombe de tout à l'heure ?

— C'était L'Emir, commandant. Il a failli y rester.

Pour Rhodan, ce n'était pas une excuse.

— C'est qu'il a agi trop tôt, n'est-ce pas ?

Marshall ne put qu'approuver de la tête. L'Emir aurait à passer un mauvais quart d'heure. Mais Rhodan s'était de nouveau tourné vers le chef drouf. Et sur les écrans du *Drusus* un point brillant d'un blanc bleuté indiqua l'arrivée de l'émissaire.

La débâcle économique compromettait l'existence du Grand Empire. D'heure en heure, l'inflation était devenue galopante et avait pris des proportions effrayantes. Sur l'ordre d'Arkonis III, les Bourses sur toutes les planètes avaient été fermées et les cotations suspendues. Chercher de l'argent à la banque était dépourvu de sens puisque la monnaie n'avait plus de valeur.

Même si les Aras avaient voulu continuer la fourniture de médicaments, ils n'auraient pu le faire, car les paquebots des Passeurs qui assuraient le trafic ne relâchaient plus dans les ports d'Arkonis. Leurs immenses flottes s'étaient retirées dans l'espace intergalactique et y attendaient de nouvelles instructions.

La situation devint telle qu'il fallut entamer des stocks, prévus pour trois mois seulement. Le cerveau positronique continuait d'assurer la production industrielle, mais Atlan eut beaucoup de mal à modifier sa programmation pour l'adapter aux circonstances nouvelles. De minute en minute, l'ordinateur délivrait d'autres nouvelles alarmantes. Avec l'aide des Passeurs, Cardif avait déclenché une avalanche qui menaçait d'ensevelir une partie de la Galaxie.

En apprenant le mot « l'anneau des Niebelungen », Atlan, à la surprise du messager de Rhodan, s'était rendu à une paroi constituée de plusieurs panneaux. Cet anneau, permettant de retirer un de ces panneaux, donnait accès à la mémoire fantastique de l'ordinateur, un véritable trésor d'informations précieuses. C'est pourquoi Rhodan avait, en son temps, utilisé ce terme en se rapportant à une vieille légende germanique qui parlait de l'or du Rhin accessible seulement grâce à un anneau magique.

Entre-temps, l'émissaire de Rhodan avait mis le cap sur le petit système solaire dans les deux planètes servaient de repaire à la flotte des Droufs.

Indécis, Atlan tournait entre ses doigts l'anneau que lui avait remis l'envoyé de Rhodan. De toute évidence, il ne s'agissait pas d'une simple pièce mécanique. Rien que sa structure donnait à réfléchir, elle était d'une matière métallique rare en son temps, mais devenue courante.

Finalement, Atlan résolut de consulter un métalloscope, doublé d'un révélateur 3 D.

Attentif, il s'assit dans un fauteuil face à l'écran. Au bout de quelques secondes, le tâteur avait découvert la couche photogénique de l'anneau et enclenché son développement. C'est ainsi qu'Atlan apprit confidentiellement tous les détails du plan « Attrape-mouches ». Il fut saisi d'admiration.

« Ce Barbare a tout de même quelque chose de génial, se dit-il, et son fils, si doué soit-il, a encore à apprendre de son père. »

Il retourna dans son bureau où les nouvelles récentes n'avaient plus, hélas, rien de surprenant, l'effondrement semblait inévitable.

A bord du *Cok II,* Atual et Ortèze conféraient avec Cokaze et Cardif et les conjuraient de les laisser intervenir.

— Une inflation ne connaît pas de loi, disaient-ils. On peut provoquer un cataclysme, mais on ne peut l'arrêter sur commande. N'écoutez pas le Terranien, Cokaze, il est irresponsable. Arkonis n'est pas encore tombé, la menace des Droufs persiste, le Régent, bien que dépossédé, existe tout comme Atlan. Et je ne parle pas de Rhodan...

— J'ajouterai ceci, continua Ortèze le gracile : le Grand Empire, c'est vous, c'est moi, c'est le moindre des Passeurs. Or, nous avons perdu jusqu'ici exactement un tiers de notre fortune...

Thomas Cardif se leva, et ses yeux brillèrent d'un feu froid.

— Vous parlez beaucoup, sans jamais toucher l'essentiel. Pourquoi la Banque d'Arkonis n'a-t-elle rien fait pour soutenir les cours par des achats massifs ? En savez-vous les raisons ?

— Non, dut avouer Ortèze, ni Atual ni moi ne comprenons cette attitude énigmatique.

Cokaze eut un rire de triomphe.

— Comment expliquez-vous que Cardif, avant même le début de l'inflation, put prédire avec certitude au patriarche aussi bien qu'au Conseil des Dix la passivité en la circonstance de la Banque d'Arkonis ?

La colère brillait dans les yeux d'Ortèze.

— Nous ne sommes pas des voyants extra-lucides, mais des banquiers qui connaissent leur métier et n'aiment pas les charlatans.

Cardif ne se départit pas de son calme.

— A combien de millions se chiffreraient vos gains si vous décidiez de stopper l'inflation, de remettre en marche les usines et le commerce interplanétaire ? rétorqua-t-il.

— Je vous propose de les partager avec moi ! leur jeta ironiquement Cokaze.

Un instant après les deux banquiers, outrés, avaient quitté la pièce. Cardif et Cokaze étaient seuls.

— Je ne suis pas tout à fait néophyte en matière de finances, commença le patriarche, mais je ne vois pas comment on peut gagner une fortune lorsque tout le monde perd jusqu'au dernier sou...

— C'est pourtant facile à expliquer, dit Cardif, il suffit...

L'écran du vidéophone s'éclaircit, l'officier radio de bord appela Cokaze.

— Maître, dit-il, les émetteurs principaux d'Arkonis annoncent un message d'importance et les hyperondes...

CHAPITRE VI

La seconde entrevue entre le commandant drouf et Perry Rhodan se déroula par ondes radio. Harno, la créature sphériforme, permit cette fois encore à Rhodan d'observer son interlocuteur sans que ce dernier pût s'en douter.

L'éclaireur drouf avait pu franchir la sortie artificielle créée grâce au champ lenticulaire projeté par le *Drusus*. Il était de retour et en train de faire son rapport.

— Harno, te serait-il possible d'écouter ce que dit le capitaine de l'aviso à son commandant ? demanda Rhodan.

Harno s'exécuta et c'est ainsi que le Stellarque put suivre le récit du monstre insectiforme. Il était correct. C'est pourquoi les tractations purent reprendre.

— Rhodan, nous nous sentons en sécurité partout où vous êtes absents, reprit le Drouf. Tu me promets le retour dans notre univers à condition que j'accepte ta proposition. Qui me garantit que tu ne saisiras pas l'occasion pour nous attaquer ?

La question était logique et Rhodan comprit que des assurances purement verbales ne suffiraient pas. Il aurait pu parler du pseudo-transmutateur, mais c'eût été révéler aux Droufs l'existence de cette arme dévastatrice et infaillible. Mieux valait les laisser dans l'ignorance.

— Dis-toi bien, Drouf, que je connaissais ton repaire alors que j'étais encore sur Terra. Si j'avais des arrière-pensées à ton égard, je serais venu à la tête de mes forces et la bataille contre les Droufs aurait déjà eu lieu. C'est tout ce que j'ai à te dire. L'entrevue est terminée. Mais n'attends pas trop si tu désires me reparler.

Rhodan avait trouvé tout son aplomb comme chaque fois que l'enjeu était d'envergure. C'était là le secret de sa personnalité dominatrice. En la circonstance, il sentait avec certitude que le commandant drouf était sur le point de céder.

Dans la salle de commande du gigantesque croiseur, personne n'avait quitté son poste. La situation était extrêmement tendue car le vaisseau amiral était cerné de toutes parts par les Droufs. Si les hostilités étaient déclenchées, son sort serait scellé plus rapidement encore que celui du *Kublaï Khan* dans la bataille au-dessus du monde des batraciens.

— Général Deringhouse, le message à Atlan est rédigé ?

— Oui, commandant, il ne manque que l'horaire.

— Nous l'aurons sous peu, prétendit Rhodan avec une telle autorité qu'aucun de ses officiers ne put en douter.

Marshall, envoyez Tako Kakuta en qualité d'astronaute sur le vaisseau amiral des Droufs. »

— Mais, commandant, Kakuta n'est point astronaute...

— Peut-être, mais il est un remarquable téléporteur !

Bull eut un sourire de connivence, et le petit Japonais, avec son visage juvénile, ne cilla même pas lorsqu'il apprit sa nouvelle affectation. Seul le mulot ne put se retenir.

— Le choix est difficile, dit-il, j'ai connu les Batraciens, les médecins aras et les Droufs. Les uns me dégoûtent autant que les autres. Mais les Droufs sont les plus fourbes de tous. Méfie-toi, Tako, et tâche de revenir avec nos appareils de repérage intacts.

Rhodan attendait l'appel du commandant drouf. La tension augmentait de minute en minute. Entre-temps se succédaient les nouvelles émanant des grands émetteurs d'Arkonis. Le Grand Empire était ébranlé jusque dans ses fondations. Même compte tenu de ce que le côté alarmant de ces nouvelles était intentionnellement exagéré, il était clair que la situation personnelle d'Atlan se dégradait d'heure en heure. Le Grand Empire, quinze fois millénaire, menaçait de sombrer. Au cours d'une courte pause, Bull remarqua :

— Si le Drouf s'aperçoit qu'il est à la fois mouche et attrape-mouches, cela fera du joli...

Les craintes de Bull n'étaient pas injustifiées, et cela pour trois raisons : la première en était une observation que les capitaines des éclaireurs droufs ne manqueraient pas de faire au cas où le commandement suprême leur adjoindrait un astronaute terranien, à savoir qu'en vue de la concentration stellaire de la nébuleuse M-13 ils se sentiraient entraînés chez leurs ennemis les plus acharnés. En second lieu, les Droufs n'ignoraient pas les nouvelles alarmantes en provenance d'Arkonis III. Et, enfin, c'était là le souci le plus sérieux de Rhodan, les planètes d'Archetz étaient sévèrement gardées par des rondes incessantes de croiseurs super-lourds d'Arkonis. Au cas où les deux éclaireurs droufs se heurteraient à de tels défenseurs, un affrontement deviendrait inévitable, ce qui signifiait, avec l'échec du plan stratégique de Rhodan, l'attaque consécutive du *Drusus* par les vaisseaux des Droufs. Et l'issue d'un combat aussi inégal était hors de doute.

Le Stellarque se tourna vers le général Deringhouse, assis à ses côtés.

— Ajoutez qu'Atlan doit retirer ses unités lourdes des environs d'Archetz, et cela trois heures après réception de ce message.

En agissant ainsi, Rhodan ne s'aperçut pas qu'en fait, il donnait des ordres au maître du Grand Empire ! En revanche, il était conscient de ce que les sorts de leurs deux mondes étaient intimement liés et que, en des circonstances aussi exceptionnelles, les questions de préséance entre amis n'étaient plus de mise. Il savait également que son plan « Attrape-mouches » n'était pas un plan stratégique à proprement parler parce que comportant trop d'inconnues, dont la plus importante avait un nom : celui de Thomas Cardif.

Au fond, Atlan et lui ne disposaient que d'un seul atout : le prestige encore intact du Grand Empire, tant que la situation était en train de mûrir. Atlan, conformément aux conseils de Rhodan, avait évité le recours à une répression brutale des mutineries qui aurait risqué de dégénérer en guerre civile entre la flotte d'Arkonis et celle, tout aussi redoutable, des Passeurs.

— Rhodan !

La voix tant attendue du commandant drouf retentit enfin dans les haut-parleurs, au grand soulagement de tous.

— Je suis disposé à accepter ta proposition à ceci près que je n'enverrai pas deux éclaireurs mais un seul avec, à son bord, tes deux astronautes. Mais je t'avertis : au cas où ce bateau ne reviendrait pas ou, tout simplement, ne répondrait pas à nos appels sur ondes, toutes mes unités attaqueront le *Drusus*.

Rhodan, négligeant la menace, répondit aussitôt :

— D'accord, j'envoie une chaloupe transportant mes cinq hommes. Avertis tes navires d'avoir à la laisser passer.

— C'est déjà fait, Rhodan, j'attends.

166

Pendant ce temps, Deringhouse était occupé à compléter le message qu'un courrier devait apporter à Atlan. A peine eut-il terminé sa rédaction qu'un technicien prit le document et le glissa dans un appareil qui n'était branché sur aucun émetteur. Deringhouse souriait en lui posant la question :

— J'aimerais tout de même comprendre ce que vous appelez des impulsions négatives.

— Mon général, répondit le technicien Grossi, un Sicilien qui avait fait des études brillantes, comme j'ai déjà eu l'occasion de vous le dire, il s'agit d'une invention de mon collègue Francozetti, rappelant vaguement le procédé photographique du cliché négatif, mais dont le principe n'est accessible qu'à des mathématiciens chevronnés. Il consiste en une sorte d'inversion du message qui le garantit contre toute tentative de déchiffrage indésirable.

— Mais Atlan ne possède pas le décodeur spécialisé !

— Non, répondit Grossi ; le message est lancé à travers l'espace à l'aviso du courrier qui, lui, est équipé d'un décrypteur approprié. Sinon, même Atlan et le cerveau géant positonique ne réussiraient pas à le déchiffrer. Regardez, mon général, le courrier est en train de prendre son envol !

Sur l'écran, on put voir un point brillant jusqu'ici immobile qui venait de se mettre en mouvement.

* *

Rusuma, le soleil jaune, éclairait dix-huit planètes, dont la cinquième était Archetz, centre du monde des négociants galactiques. S'inspirant de l'exemple d'Arkonis III, les sauteurs avaient, au cours des millénaires, transformé les autres planètes, à l'exception de Ult, proche du soleil, en forteresses dont les glacis étaient formés de leurs lunes également fortifiées. Au début, les tribus nomades des Marchands s'étaient gaussées des efforts assidus de leurs parents sédentaires. Mais, peu à peu, ils avaient fini par apprécier la sécurité qu'ils trouvaient dans les ports d'Archetz au cours de leurs visites ou lorsqu'ils devaient y relâcher pour faire effectuer des réparations, ou encore pour faire acquisition de nouveaux transiteurs.

Complétant leurs actions néfastes pour Arkonis, les Passeurs étaient parvenus à fixer un grand nombre de croiseurs lourds du Grand Empire qui assuraient la protection d'Archetz, noyau et centre du mouvement subversif.

La nuit couvrait la ville de Titon et ses douze millions d'habitants.

A bord du *Cok II,* les deux fils aînés de Cokaze étaient de garde. Leur consigne était de réveiller Thomas Cardif dès réception d'une nouvelle importante. La majeure partie de la nuit s'était déroulée sans incident, lorsque soudain le central de combat s'annonça sur la longueur d'onde des super-croiseurs d'Arkonis.

— Où est Cokaze ? tonna une voix de basse inhumaine. Réveillez-le en vitesse !

Le fils aîné, décontenancé, se précipita hors de la salle, mais son cadet brancha l'intercom et contacta simultanément Cokaze et Thomas Cardif. Les deux hommes se rencontrèrent dans la salle des télécommunications où Cokaze, encore accablé de sommeil, se laissa tomber dans un fauteuil face à l'écran.

— De quoi s'agit-il, Onkto ? demanda-t-il d'une voix pâteuse.

Onkto, un géant pesant une dizaine de tonnes, était le chef des croiseurs d'Arkonis en orbite autour d'Archetz.

— De pas grand-chose, tonna le géant, nous nous retirons d'Archetz.

— Comment ? s'écria Cokaze. Mais c'est contraire à notre convention !

— Je n'en sais rien, tonna Onkto, tout ce que je sais, c'est qu'Arkonis III m'a donné un ordre et que je vais l'exécuter.

Cokaze éclata de rire.

— Arkonis, cela ne veut rien dire, qui fait quoi là-bas ?

Mais Thomas Cardif écarta le patriarche et se plaça devant l'écran. Il était visible que le géant Onkto était impressionné par l'éclat des yeux rougeâtres du jeune homme.

— Qu'est-ce que demande Arkonis, questionna Cardif d'un ton ferme, et qui a parlé, le Régent où l'amiral ?

— C'est le Grand Coordinateur lui-même qui nous a donné l'ordre de nous retirer sous peine de représailles.

— Quelles preuves avez-vous, rétorqua vivement Cardif, pour être certain que le Régent a retiré ses navires du front drouf et que cette flotte pourrait intervenir contre vous ?

— Ils nous suffit d'avoir appris le retrait de la flotte d'Arkonis du front drouf, rétorqua Onkto, et d'être exposés à une attaque éventuelle de la part des Droufs.

— Ce sont donc des nouvelles sans confirmation qui vous mettent en fuite ? ironisa Cardif.

Mais Onkto répliqua :

— Nous ne sommes ni plus bêtes ni plus malins que Cokaze qui se cache avec dix navires à Titon, après avoir pris soin de mettre à l'abri le reste de sa flotte.

Thomas Cardif dut tout de même lâcher un peu de lest.

— Ecoutez, Onkto, retirez-vous s'il le faut. Mais promettez-moi d'en garder le secret ! Sinon je vous dénonce devant toute la Galaxie comme pleutres, et il en sera fait de votre réputation de vaillants guerriers !

— Que tous les diables vous emportent, maudit Terranien ! tonna Onkto furieux. Nous partirons secrètement.

Cokaze se tourna vers Cardif.

— Ne pensez-vous pas qu'Onkto vous a menti ?

— Sûrement pas, répondit Cardif, ils ont dû être

renseignés par leurs radars du retrait de la flotte du front drouf. Mais je me demande ce que signifie cette manœuvre de dégarnir le front drouf et d'abandonner simultanément la protection d'Archetz !

Personne dans la salle n'osa déranger le jeune Terranien dans ses réflexions.

— Il y a anguille sous roche, dit Cardif après un long moment de silence. Je suis d'avis de rester encore un bout de temps sur Archetz. Mais j'aimerais que toutes les stations de repérage et de surveillance scrutent plus spécialement le système Rusuma. Il s'y passe quelque chose.

Le vol de l'éclaireur drouf était suivi attentivement de deux côtés, d'une part à bord du *Drusus* et d'autre part à Arkonis III. Sur l'écran du nouvel appareil de Rabindranah, la trace laissée par l'hyper-propulseur linéaire se présentait comme un fil rouge sans fin. De son côté, Atlan comptait sur un micro-émetteur que Tako Kakuta avait laissé choir au moment de son embarquement, dans le sas d'entrée de l'éclaireur drouf ; ses impulsions régulièrement espacées étaient enregistrées à Arkonis III et exploitées par l'ordinateur positonique.

Le navire drouf volait à une vitesse plusieurs fois supérieure à celle de la lumière et pourtant ne cessait d'accélérer son allure vertigineuse. A son bord se trouvaient Kakuta, le téléporteur, et le Dr Brigonne, l'astronaute. Leur mission était double. En premier lieu, ils devaient guider l'éclaireur jusqu'au-dessus de la planète Archetz, mais en second lieu, ils devaient disparaître au cas où l'attitude des Droufs à leur égard deviendrait hostile.

C'est pourquoi le téléporteur japonais ne quittait pas d'une semelle son compagnon, le Dr Brigonne qui, au contraire de Kakuta, était un véritable astronaute.

Brigonne ne se faisait pas de souci, tout content de vivre une aventure excitante. Il savourait le fait que la vitesse extraordinaire des Droufs ne produisait que des effets à peine mesurables. Les deux Terraniens avaient des mouvements deux fois plus rapides que ceux des Droufs qui vivaient selon leurs propres normes, mal adaptés à un univers étranger. Les deux hommes communiquaient ensemble à travers leurs casques écouteurs-émetteurs et n'éprouvaient pas de problème d'oxygène.

Soudain, dans le poste de commande de l'éclaireur, se manifesta une agitation. Les huit Droufs de l'équipage du navire entouraient en gesticulant un appareil étrange. On ne pouvait deviner de quoi il s'agissait. Kakuta brancha l'émetteur spécial fixé à l'intérieur de son scaphandre grâce auquel il put communiquer avec les Droufs. Une seconde plus tard, un Drouf apparut et lui commanda sèchement de déconnecter l'appareil ; Kakuta n'hésita pas à obtempérer, mais s'interrogea sur le motif de cet ordre brutal. Il ne pouvait en exister qu'un seul : les

172

Droufs étaient en train d'opérer un sondage. Et que pouvaient-ils bien chercher ? Il n'y avait pas de doute : c'était le micro-émetteur laissé dans le sas d'entrée ! Il en informa brièvement le Dr Brigonne.

— Kakuta, que peut-on faire pour conserver cet émetteur ? demanda l'astronaute. Il est indispensable à Atlan pour être renseigné, le chef a insisté sur ce point !

— Comment voulez-vous que je puisse retrouver cette chose microscopique en une fraction de seconde ?

— Kakuta, qu'est-ce que les Droufs fabriquent en ce moment ?

La voix du docteur trahissait son inquiétude grandissante.

En effet, trois des volumineux Droufs s'approchaient sur leurs jambes cylindriques, portant chacun de lourds appareils, de toute évidence destinée à détecter un émetteur radio.

— Brigonne, combien de temps notre voyage durera-t-il encore ?

— Je ne puis vous répondre, cela dépend de leur accélération.

— Pas plus de trois heures, j'espère, dit Kakuta.

— A l'allure actuelle, nous serions déjà sur le voyage de retour, si toutefois nous étions avec eux...

— Alors, détournez leur attention pendant dix secondes, ils ne doivent pas s'apercevoir de mon absence ! Y parviendrez-vous ?

Le docteur hocha la tête affirmativement, mais il

173

n'était pas facile d'occuper cinq Droufs devenus soupçonneux. Deux d'entre eux étaient assis dans le poste de pilotage, les trois autres s'affairaient devant un appareil à cadrans, mais se tournaient constamment vers les deux Terraniens.

Tako Kakuta était pressé par le temps. Il n'avait que quelques secondes pour agir. Enfin, le docteur se rapprocha des trois Droufs. Apparemment, les trois monstres ne le voyaient pas, mais avec leurs quatre yeux placés aux tempes de leur tête sphérique on ne pouvait en être certain. Brigonne brancha son émetteur spécial :

— Droufs, il me faut vous faire remarquer ceci, (et ce disant, il se rapprocha d'une carte murale), la nébuleuse que vous voyez ici se trouve...

Le Dr Brigonne s'éclaircit la voix ; c'était le signal convenu avec Tako Kakuta.

Celui-ci se déstructura immédiatement, et lorsque, l'instant d'après, il reparut dans le sas, il tenait dans chaque main un irradiant atomique. Avec une habileté merveilleuse il traça deux lignes de soudure parfaitement droites, fermant hermétiquement l'accès du sas. A voix basse, il avait compté pendant l'opération... cinq, six, sept. A huit, il avait terminé. Il lui restait encore deux secondes. Elles lui suffirent pour souder la fente entre le panneau donnant sur l'extérieur et le sol et les deux montants du sas. Le métal en fusion sur une profondeur de 10 mm se solidifiait lentement lorsque Kakuta surgit de nouveau dans le poste de commande. Brigonne et les

174

trois Droufs étudiaient encore le plan mural. Lorsque le docteur s'aperçut de la présence de son ami, il dit : « Eh bien, tant pis... » et, ayant débranché son émetteur vers les Droufs, regagna tranquillement sa place à côté de Kakuta.

— Encore dix minutes, et ils seront au-desssus d'Archetz, murmura Perry Rhodan à l'adresse de Bull, mais ayant les yeux fixés sur l'écran de la sonde de Rabindranah.

Il ne pouvait connaître les événements qui se déroulaient en même temps à bord de l'éclaireur. Les Droufs avaient passé des menottes aux mains de Brigonne et de Kakuta dès qu'ils eurent découvert le blocage suspect des deux entrées du sas N° 3.

— Il y a un détecteur dans ce sas et c'est vous qui l'avez placé là-bas ! leur dit le capitaine drouf après avoir ordonné leur arrestation.

Apparemment résignés, les deux Terraniens ne répondirent pas. Et le navire drouf poursuivit sa course hallucinante en direction d'Archetz.

Le vaisseau étranger avait disparu aussi mystérieusement qu'il était venu dans le système Rusuma. L'alerte déclenchée par les stations des dix-huit planètes était finie. Mais Cokaze et Cardif se regardaient encore, muets de saisissement. Au bout d'un moment, le patriarche se leva :

— Comment peut-on s'alarmer pour si peu, dit-il à Cardif, l'avertissement est ridicule ; Atlan n'est qu'un fantoche !

— Pas si fantoche que cela, rétorqua Thomas Cardif, c'est tout de même un des anciens Arkonides.

— Oui, je sais, et qui aurait plus de dix mille ans d'âge, et patati et patata…

— Cokaze, je viens de faire une découverte.

— Quoi encore ?

— J'ai découvert que l'on ne peut faire une révolution sans être soutenu par les forces vives de l'Etat !

Cokaze, en suivant les conseils de Thomas Cardif, avait tout misé sur une seule carte, avait converti à ses idées les Aras, les Ekhonides, sans parler des autres tribus ni des autres peuples d'Arkonis. Et ce jeunot constatait maintenant qu'il s'était trompé !

— Eh bien, mon petit Terranien, les nerfs te trahissent, ricana Cokaze, furieux. Où est le fameux enseignement de ta fameuse Académie Solaire ?

Mais Thomas Cardif resta imperturbable.

— C'est ce même enseignement, dit-il, qui m'a appris à regarder les choses en face. Il faut reconnaître que nous avons perdu. Atlan et Rhodan jouent actuellement leur atout maître, et l'apparition du navire drouf en est la preuve, il faut bien l'admettre. Rappelle-toi la menace d'Atlan de retirer sa flotte du front drouf et le fait qu'Onkto ait dû abandonner la défense d'Archetz. Quant à Onkto, j'ai bien recommandé de surveiller, maintenant qu'il est parti, l'espace stellaire où se mijotait quelque chose de dangereux pour nous.

— Mais que crains-tu, Terranien ? cria Cokaze excédé.

— Je crains, répondit Cardif, qu'Atlan ait laissé un vide sur le front des Droufs par où pourraient s'infiltrer quelques milliers de leurs vaisseaux pour envahir la nébuleuse M-13 comme des vandales.

— Et c'est à cela qu'ont abouti tes bons conseils, pauvre idiot, hurla Cokaze, hors de lui. Ton père Rhodan, au moins, est quelqu'un, mais toi, tu n'es qu'un lamentable avorton !

Thomas Cardif resta de glace.

— Lorsque je constate que j'ai perdu la partie, j'ai le courage d'en tirer les conséquences. Si tu veux vivre, patriarche, suis mon conseil, quitte Archetz et installe-toi avec le *Cok II* à Aralon. Cela fortifiera ton prestige et te permettra de laisser venir. Je ne puis en dire davantage.

— Et toi, Terranien, que feras-tu ?

— Je vais gagner un de tes transiteurs qui resteront à Titon. Sinon, ton départ pourrait être interprété comme une fuite. Il te faudra envisager la perte de quatre ou cinq transiteurs.

Cokaze résista à son envie de tuer instantanément Thomas Cardif ; il savait que le jeune homme était plus rapide que lui.

A peine une heure plus tard, le *Cok II* décolla à destination d'Aralon. Quant à Cardif, il embarqua sur le *Cok CCXIV* qui, avec trois autres transiteurs de la flotte des Passeurs, stationnait au large de Titon.

CHAPITRE VII

Une seconde durant, Perry Rhodan se crut au bord d'un gouffre. Harno, la créature en forme de boule, flottait à côté de lui et, grâce à ses extraordinaires facultés de télescopie, lui permettait de voir l'intérieur du poste de commande de l'éclaireur drouf qui venait de quitter l'hyperespace, se rapprochant avec une curieuse lenteur du vaisseau amiral.

Le voyage de l'éclaireur vers Archetz avait nécessité plusieurs heures. Mais son retour fut une affaire de quelques secondes seulement. Bull, placé devant l'écran du détecteur, avait à peine annoncé son retour qu'Harno fit apparaître l'image du central des Droufs où Rhodan put voir Brigonne et Kakuta, les menottes aux mains et gardés par deux énormes Droufs.

La présence du minuscule émetteur que Kakuto avait placé dans le sas N° 3 de l'éclaireur drouf menaçait de retourner la manœuvre tactique de Rhodan contre lui-même. Par le truchement de Harno, il apprit que le rapport du capitaine de l'éclaireur se faisait précisément au moyen de cet émetteur caché dans le sas rendu inaccessible. Il fallait y remédier sans perdre une seconde! Aussi Rhodan résolut-il de faire appel à l'entreprenant L'Emir, le mulot aux ressources inépuisables.

Le petit être, aussitôt accouru, se tenait devant son maître dont il avait déjà lu la pensée.

— Bien sûr, je suis d'accord, Perry. Dis-moi seulement où se trouve stocké le rythmal-cinq?

La question, transmise par l'intercom, eut presque tout de suite sa réponse : « Le rythmal-cinq est stocké au dépôt 123. »

Le rythmal-cinq était un appareil cristallin, construit sur Arkonis. Convenablement chargé, il assurait pendant une durée de plusieurs années et toutes les cinq minutes, une impulsion radiophonique comparable à celle d'un appareil de radiogoniométrie.

L'Emir se trouvait déjà au dépôt 123.

— Faites vite, pépiait-il, chargez-moi se cristal-ci et trouvez-moi une colle capable de résister au froid interstellaire.

Quelqu'un lui apporta un pain ressemblant à du mastic.

— Paré, mon lieutenant! dit le militaire de service.

Le mulot, flatté de cette appellation pourtant réglementaire, ne prit pas le temps de remercier. Il se déstructura et reparut quelques instants plus tard au milieu du sas scellé.

Il lui fallait quelques minutes pour dénicher le minuscule émetteur qui brillait sous le faisceau de son projecteur de poche. Démolir l'instrument compromettant par un jet de radiations thermiques fut l'affaire de deux secondes. Non sans avoir lutté, en proférant force jurons, avec la matière gluante qu'il avait apportée, L'Emir camoufla le rythma-cinq au cœur de son pain de mastic et colla le tout à la place du micro-émetteur devenu une petite masse informe. Dans le cas où les monstres parviendraient à pénétrer dans le sas il fallait leur fournir une explication des signaux qu'ils avaient repérés. Ils soupçonneraient, bien sûr, les Terraniens d'avoir apporté le petit appareil, mais le mastic tellement gluant pouvait expliquer bien des choses.

Toutefois, les soudures posées par Kakuta posaient un problème plus délicat. Les ouvrir de l'intérieur était vraiment trop révélateur. Aussi recourut-il à un stratagème. Avec son laser, il fora dans la paroi extérieure trois trous équidistants en direction des coutures soudées. Une petite plongée téléportée, et le mulot, cette fois-ci dans l'espace, se trouvait sur la face extérieure de la paroi. Dirigeant les thermo-radiations à travers chacun des trois trous, il provoqua une légère coulée métallique vers l'intérieur du sas ; ainsi on croirait facilement que les deux Terraniens, n'ayant pas quitté le vaisseau, étaient hors jeu.

L'Emir voulut rendre compte de son action à Perry Rhodan, lorsque le chef drouf se fit annoncer.

— Rhodan, tu as agi en traître, nous avons découvert ton émetteur dans un sas de notre éclaireur. C'est la guerre. Tu as essayé de nous jouer, tu t'en mordras les doigts !

Mais Rhodan demanda des preuves. A sa grande surprise, le Drouf se déclara prêt à les lui fournir. Une nouvelle attente commença.

— Je ne pense pas que le Drouf te rappellera, car il lui sera impossible de rien prouver, dit le mulot. (Et il parla de son action dans le sas de l'éclaireur.) Ils auront du mal à venir au bout de la soudure, tu sais, Perry, et le capitaine de vaisseau peut s'attendre à un drôle de savon de la part de...

— A propos de savon, coupa Rhodan, je connais quelqu'un à qui j'en devrais passer un, et des meilleurs, tu ne penses pas, L'Emir ?

Le mulot n'avait pas attendu la fin de la phrase pour s'éclipser sans demander son reste.

Les émetteurs de l'Etat d'Arkonis diffusèrent la seconde allocution d'Atlan. Il s'adressa à l'ensemble des races et des peuples du Grand Empire.

— Le Régent vous a traités sans égard et sans pitié ! dit-il. Si les circonstances m'y obligent, je puis agir comme lui. Si le Grand Empire est aussi pourri que vous le prétendez, je suis prêt à accorder l'indépendance à chacun de ses divers éléments. C'est dans cette perspective que j'ai ordonné le retrait de la flotte d'Arkonis du front des Droufs et décidé de renoncer à toute défense. La voie sera ouverte aux envahisseurs droufs avec toutes les conséquences qui s'ensuivront pour vous, à moins que vous préfériez maintenir votre adhésion à la communauté d'Arkonis. Réfléchissez et répondez sans tarder, ma résolution ultime est subordonnée à votre réponse !

Pendant qu'il parlait encore, trois mille vaisseaux droufs fonçaient à toute vitesse vers le système Rusuma. Un signal codé avait informé Atlan que le plan « Attrape-mouches » entrait dans sa deuxième phase.

Les Droufs dans le ciel d'Archetz : un événement terrifiant, inimaginable ! La manœuvre tactique de Rhodan n'était-elle pas trop osée ? Les ordinateurs positoniques avaient répondu par la négative et indiqué 81,54 pour cent de chances de réussite, mais l'inconnu restait redoutable et Rhodan eut à lutter contre une inquiétude mystérieuse.

Le *Drusus,* naviguant à la moitié de la vitesse-lumière, s'approcha du point prévu pour la transition. Fortement protégé par son dispositif électronique, il était impossible à repérer même par les stations d'Arkonis. Le choc dû à la transition fut terrible et, encore dix secondes après, les hommes à bord du *Drusus* souffraient et étaient comme paralysés. C'est dans ces circonstances qu'Harno s'infiltra dans l'esprit de Rhodan pour l'informer d'une mauvaise nouvelle : le commandant en chef des Droufs refusait la démonstration de force au-dessus d'Archetz, sous prétexte que le passage créé par le champ lenticulaire n'était qu'un piège. Rhodan se demanda en vain les raisons de ce revirement catastrophique. C'est Harno qui lui en fournit l'explication.

— Le chef drouf a reconnu l'importance stratégique de la planète Archetz et résolu de s'en emparer pour en faire la base à partir de laquelle il pourra conquérir toutes les étoiles du système.

Rhodan comprenait le mauvais pressentiment qu'il avait eu en signant le contrat avec les Droufs. A présent, le sort d'Archetz reposait entre les mains d'Atlan dont l'immense flotte de robots était seule en mesure d'empêcher la destruction.

Trois mille vaisseaux de combat gigantesques et étranges assaillirent Archetz avant qu'une seule des stations d'observation eût pu donner l'alerte et tirer le premier coup de canon atomique. La ville de Titon s'écroula dans un enfer de feu et de flammes. Trois autres métropoles subirent le même sort dans la même heure. Les lunes avec leurs forteresses devinrent des foyers incandescents qui flamboyaient en plein jour.

Seuls, quelques rares transiteurs réussirent à passer entre les assaillants et à gagner l'espace galactique. A bord du *Drusus* tout le monde suivait l'effrayant spectacle. Mais que pouvait faire Rhodan ? Une voix secrète lui chuchota : « Thomas Cardif est là-bas ! »

Alors apparurent des vaisseaux arkonides de toutes dimensions, du petit aviso jusqu'au plus puissant des super-croiseurs de bataille. Ils étaient pareils à une énorme nuée de sauterelles venues du fond de l'espace, brillants comme de petits soleils précédés de leurs protubérances comme des dards luminescents. Ils étaient des milliers et des milliers qui se précipitèrent sur les Droufs.

— Où est le triscaphe ? demanda Rhodan, mais Bull ne sut que répondre.

Dès que Rhodan eut appris par le truchement d'Harno que les Droufs ne songeaient pas à respecter leur convention et s'apprêtaient à conquérir le système Rusuma, il avait dépêché un triscaphe avec, à son bord, l'élite des téléporteurs. Ceux-ci devaient libérer les deux astronautes emprisonnés à bord du navire amiral drouf. Mais on attendait en vain le moindre signe de vie de ce commando. Entre-temps, la bataille entre la flotte d'Arkonis et celle des Droufs tournait à la débâcle pour les monstres. Les robots d'Arkonis ignoraient la peur comme la pitié ; ils ne connaissaient que les instructions imprimées sur leurs programmes. En peu de temps, la totalité des vaisseaux droufs fut anéantie et transformée en un amas d'énergie éparse. Alors, la flotte des robots commença à se reformer et prit le chemin de retour vers Arkonis.

— Voilà, c'est la fin, dit Bull d'une voix cassée par l'émotion, pendant que le *Drusus,* émettant constamment son signal d'identification, fonçait à toute vitesse vers la planète Archetz en proie aux incendies.

Après avoir percé la couche de nuages au-dessus d'Archetz, il se heurta à un noir rideau d'épaisse fumée sous lequel se consumait une ville de douze millions d'habitants.

Bull sursauta sous l'effet d'un poids tombé brusquement sur ses genoux. C'était L'Emir, le téléporteur, qui venait de rentrer de sa mission, complètement épuisé. Il eut tout juste la force de murmurer :

— Mission accomplie, les deux astronautes sont sauvés. Mais le triscaphe s'est abîmé quelque part dans l'espace. Nous avons dû le quitter en catastrophe...

Bull, avec précaution, transporta son petit ami, déjà endormi, sur un lit de repos.

Pour la troisième fois, la télévision de la nébuleuse M-13 s'adressa aux populations d'Arkonis. Les nouvelles du système Rusuma s'étaient répandues comme une traînée de poudre et avaient glacé tous les esprits. Mais simultanément, il fut évident qu'Atlan qui se nommait « successeur du Grand Coordinateur » avait effectivement l'énergie et la force de s'imposer comme nouveau maître, capable de tenir d'une main ferme les rênes du gouvernement. Aussi, des milliards d'intelligences peuplant le Grand Empire eurent la surprise de voir apparaître sur leurs écrans un visage qui leur était familier, celui de Perry Rhodan ! Le Stellarque harangua les peuples d'Arkonis : « ... et je m'incline devant Atlan Gnozal VIII, l'autocrate, qui conduira le Grand Empire vers un avenir de bonheur et de lumière ! »

Atlan écouta ses paroles avec émotion, mais son sourire était amer.

— Tu m'as appelé autocrate. A quoi sert un titre pareil en présence de peuples qui désirent quitter la communauté d'Arkonis ? Il me faudra ton amitié, Barbare, et du temps, beaucoup de temps pour redresser les erreurs de générations d'Arkonides irresponsables. Mais je suis seul... et le temps qui m'est nécessaire me sera-t-il accordé ?

Perry Rhodan était bouleversé.

— C'est la première fois que je te vois pessimiste, amiral.

— Je ne suis pas pessimiste, ami, rétorqua Atlan. Je pense à Thomas Cardif et à son attitude hostile. N'es-tu pas le meilleur exemple de ce qu'un seul Terranien peut être capable de réaliser ?

Le Stellarque ne réagit pas à cet éloge.

— Thomas Cardif n'est plus en vie, dit-il. Il a succombé au cataclysme qui a anéanti Archetz.

— Je suis sûr que Thomas Cardif vit, répliqua vivement Atlan. Un Rhodan ne meurt pas à l'orée d'une ère nouvelle. Même s'il porte le nom de Thomas Cardif...